Der Stalker, Augen am Fenster · Gerd Lorenz

AF239156

Gerd Lorenz

Der Stalker
Augen am Fenster

Kriminalroman

© 2006 Gerd Lorenz
Satz und Layout: Buch&media GmbH, München
Umschlaggestaltung: Rainer Neugebauer, Gadebusch
Herstellung und Verlag: Books on Demand GmbH, Norderstedt
Printed in Germany
ISBN-10: 3-8334-5283-8
ISBN-13: 978-3-8334-5283-3

Stalk: engl. Pirsch, sich heranpirschen, jagen

Der Wind peitschte über den Deich und das Land dahinter. Die Kiefern kannten diese Angriffe und hatten sich gedreht. Als wollten sie vor ihm flüchten, wandten sie ihm ihre Rücken zu. Das Meer hatte sich verdunkelt. War es im Winter blau und im Sommer grün, so war es bei diesem Sturm grau, ja fast schwarz. Schmutziger Schaum vermischte sich mit dem nassen Sand des Strandes. Der Mond war hinter dicken, regenschweren Wolken verschwunden. Unablässig wurden diese vom Wind ins Landesinnere geschoben, wo sie sich ergossen.

War es die kleine Holzpforte, die immer wieder gegen das Schloss schlug, oder war es einer der Fensterläden, die in ihren Scharnieren klapperten – irgendein Geräusch hatte Ulrike geweckt. Sie sah auf ihren Wecker. Es war kurz vor Mitternacht, also hatte sie erst eine Stunde geschlafen. Draußen tobte das Meer und sie konnte es durch das Heulen des Sturmes hören. Ulrike lächelte. So liebte sie es. Nachts einschlafen, dabei dem Meer lauschen und dem Wind, der hier zu Hause zu sein schien.

Seit zwei Jahren wohnte sie jetzt hier. Früher hatte sie an diesem Ort Urlaub gemacht, war mit Holger, so oft es ging, von Berlin an die Küste gefahren, um sich für einige Stunden zu erholen und dem Großstadtstress zu entfliehen. Und um zu malen. Das geliebte Meer, den

Deich und das Haus, in dem sie jetzt lebte. Sie hatten es gekauft, Holger und sie. Damals war sie so glücklich gewesen, hatte ohne Bedenken ihre Eigentumswohnung in Pankow verkauft, in ihrer Firma gekündigt und war an einem Wochenende in das uralte, möblierte Haus gezogen. Sie hatte den Erben auch die Einrichtung abgekauft, der Charakter des Hauses sollte erhalten bleiben. Innen wie außen.

Holger hatte Bedenken gehabt. Sicher, auch er mochte den Strand und auch er hatte sich in den Sommermonaten dort wohl gefühlt, aber Berlin aufgeben, gegen diese »Einöde«, wie er es nannte, eintauschen? Nie und nimmer! Er fand es nicht richtig von Ulrike, dass sie ihren gut dotierten Job aufgab und sich hier ansiedelte, um aus ihrem Hobby einen Beruf zu machen. Aber letztlich hatte er ihren Bitten nachgegeben und sich an der Finanzierung beteiligt. Vielleicht hatte sie ja Recht, und auch eine räumliche, vorübergehende Trennung konnte ihnen gut tun. Heute wussten beide, dass dies ein Trugschluss gewesen war. Der irgendwann entstandene Riss in ihrer Beziehung war nicht mehr zu kitten gewesen und so hatten sie eine Zeit lang eine Art Alibipartnerschaft geführt. Mal ein Telefonat, mal eine Mail, nichts Dickes also. Ein Treffen schon gar nicht. »Rike, wie stellst du dir das vor? Du solltest mal in meinen Terminer schauen, das geht gar nicht!« Okay, was soll's, so ist das Leben!

Ulrike hatte Durst und stand auf. Sie ging in die Küche, splitternackt, so wie sie auch schlief. Aus dem Kühlschrank entnahm sie eine Packung Milch, riss sie auf und ging trinkend in ihr Schlafzimmer zurück. Die Augen, die sie von draußen durch das Fenster beobachteten, sah sie nicht.

»Guten Morgen, Frau Manthei, gut geschlafen? Das war aber auch ein Sturm gestern! Alles heil geblieben bei Ihnen?«

»Danke, ja«, antwortete Ulrike der Verkäuferin vom Marktstand. »Und bei Ihnen selbst?«

»Och, wir sind das Wetter ja gewohnt, das macht uns nix. Paar Eier noch? Ganz frisch! Hab ich erst heute Morgen reinbekommen!«

»Danke, die nehme ich gerne. Und zum Wochenende können Sie mir bitte wieder ein frisches Hähnchen mitbringen.«

»Geht in Ordnung, Frau Manthei, mach ich.«

Ulrike bezahlte und schlenderte über den Platz. Vom Sturm der letzten Nacht war nichts mehr zu spüren. Die Sonne schien und lockte die Bewohner des kleinen Ortes nach draußen. Man kannte sich hier und auch sie war inzwischen ein Mitglied der Gemeinschaft geworden. Die sprichwörtliche Reserviertheit, ja Sturheit der norddeutschen Küstenbewohner hatte sie nie zu spüren bekommen. Das lag zum einen an ihrer freundlichen, offenen Art und zum anderen an ihrer sich zu dem Landstrich bekennenden Lebensweise. Ihre Bilder in Öl, die Aquarelle und Zeichnungen zeugten von der rauen Schönheit der Küste, waren begehrte Objekte und hingen mittlerweile in fast allen Häusern.

Ulrike blieb noch hier und dort stehen, wechselte ein paar Worte, kaufte frisches Gemüse und Obst und ging dann zu ihrem Auto.

»Hallo, Rike, soll ich dir tragen helfen?« Vor ihr stand Jan, der Junge vom Nachbarhof. Er war zweiundzwanzig Jahre alt, also zehn Jahre jünger als Ulrike. Sein wildes, strohblondes Haar erinnerte an einen der Beachboys auf Hawaii, die mit einem Surfbrett unter dem Arm immer auf die ultimative Welle warteten.

»Danke, Jan, aber dort ist mein Auto. Ich muss noch in die Stadt fahren, zum Bauamt. Und du, was hast du heute noch so vor?«

»Nichts Aufregendes!«, antwortete Jan. »Soll ich bei dir mal nach dem Rechten sehen, ich meine, wegen dem Sturm gestern? Alles in Ordnung?«

»Klar doch, wenn was ist, melde ich mich bei dir, das weißt du doch!« Sie stieg in ihr Auto und fuhr davon.

Jan sah ihr hinterher und seufzte.

Drei Stunden später war Ulrike wieder zu Hause. Diverse Einkaufstüten unter dem Arm tragend, schlüpfte sie durch die Gartenpforte. Max, ihr Kater, kam ihr entgegen und schlängelte sich schnurrend durch ihre Beine. Auch ihn hatte sie übernommen, damals, beim Hauskauf, und sofort waren sie Freunde geworden.

»He, Mäxchen, na, du alter Schnorrer, hast auf mich gewartet, was? Ich hab dir auch was Leckeres mitgebracht.«

Sie ging den Steinweg zum Haus entlang und erblickte plötzlich die Blumen auf den Stufen vor der Eingangstür. Verwundert drückte sie mit dem Ellenbogen die Klinke herunter und öffnete so die Tür. Sie ging in die Küche, legte den Einkauf auf den Tisch und kam zurück zur Tür, um den Strauß aufzuheben. Er bestand aus gemischten Gartenblumen, war frisch gepflückt und mit einem Band zusammengebunden.

In einem solchen Strauß findet man keine Karte und Ulrike erwartete auch keine. Sie zog die Stirn kraus und überlegte kurz. Aber ihr fiel niemand ein, der als Absender in Frage gekommen wäre und so zuckte sie nur kurz mit den Achseln und kehrte zurück ins Haus. Sie goss sich ein Glas Rotwein ein, setzte sich in den alten Schaukelstuhl und besah kritisch ihr neuestes Werk. Dabei ging ihr der anonyme Blumenbote nicht aus dem Kopf. Wer mochte ihr wohl diese liebe Aufmerksamkeit gebracht haben?

Egal, irgendjemand wird sich wohl in den nächsten Tagen outen, dachte sie sich und widmete sich wieder ihrem Bild.

In der »Hafenbar« herrschte Hochbetrieb, wie an jedem Freitag. Die Kneipe gab es schon seit dem Zweiten Weltkrieg und der Gründer, Hannes Dröge, musste wohl ein Spaßvogel gewesen sein, denn der Ort lag zwar am Wasser, aber einen Hafen hatte er nicht. Sicher, Boote gab es und auch Fischer, aber die mussten den Weg zum Kanal über die Wiesen nehmen. Weil man jedoch von der Kneipe aus das Wasser sehen und sich durchaus einen Hafen vorstellen konnte, hieß die Gaststätte eben so.

Auch die »Bar« war nichts anderes als ein gewöhnlicher Tresen. Zahlreiche Flaschen der verschiedensten alkoholischen Getränke waren wie auf einer Ausstellung nebeneinander aufgereiht, aber in der Regel wurde doch nur Korn ausgeschenkt, und Bier. Das Inventar war in den Siebzigerjahren ausgetauscht und modernisiert worden. Seitdem hatte sich nichts Besonderes verändert.

Hier war das Zentrum des Dorfes. Hier hatte der Schützenverein seine Wappen und Tafeln aufgehängt, hier wurden Taufen und Beerdigungen gefeiert, runde Geburtstage und Hochzeiten. Auch Scheidungen. Die Gäste der »Hafenbar« kannten sich alle untereinander. Die Ältesten unter ihnen konnten sich auch noch an die Eröffnung der Gastwirtschaft erinnern und an Dröge, der selbst sein bester Gast gewesen war und sich totgesoffen hatte.

Leute aus den Nachbargemeinden kamen nicht hierher, die hatten ihre eigene Kneipe. Fremde kamen auch nicht, warum auch. Deshalb war es damals schon eine kleine Sensation im Dorf gewesen, als Ulrike das Haus gekauft hatte, um es selbst zu bewohnen. Man kannte sie durch ihre Urlaubsaufenthalte in all den Jahren zuvor.

Während die Jugend in die Städte fortging, war es äußerst selten, dass jemand von »draußen«, und dann auch noch aus Berlin, zu ihnen zog. Und dann auch noch eine Frau wie Rike! Sie war mittelgroß und schlank, hatte langes blondes Haar und blaue Augen und hätte eher eine holländische Käseverkäuferin in der Fernsehwerbung sein können als eine Malerin in diesem charmanten Kaff.

Der Typ, der damals an ihrer Seite gewesen war, hatte so gar nicht zu ihr gepasst. Immer etwas hölzern wirkend und reserviert, war er nur beachtet worden, weil er zu ihr gehörte. Während sich Ulrike in der Kneipe mit jedem unterhalten konnte und auch mal einen »Köm« mittrank, hatte er immer nach einem »offenen Wein« gefragt und so die Wirtin in Verlegenheit gebracht. Die dann einmal geöffnete Flasche fasste keiner mehr an und so wurde der Wein sauer.

Jedenfalls war es kein Geheimnis, dass Ulrike inzwischen wieder zu haben war. Daher balzten und gockelten fast alle Männer der Gegend in ihrer Gegenwart, um sich ins rechte Licht zu rücken. Egal, wie alt sie waren.

»Neulich war Rike auf dem Markt.«

»Ich hab sie auch gesehen. Sie hatte schwer zu tragen.«

»Gemüse hat sie gekauft und ein Hähnchen.«

»Vielleicht kriegt sie Besuch übers Wochenende.«

»Eier hat sie auch gekauft, sieht nach Herrenbesuch aus.«

»Na, du wirst es wohl nicht sein!«

»Aber du, was?«

Heiner Jacobsen lehnte sich zurück. »Ich würd nicht Nein sagen! So zwischen Frühstück und Gänsebraten, das wär mal was!«

»Du weißt doch gar nichts mit ihr anzufangen. Also, lass lieber gleich die Finger von ihr!«, antwortete Uwe Petersen, Polizeiobermeister mit eigenem Büro im Ort. »Wenn sie jemanden braucht, dann so einen wie mich! Einen, der sie beschützen kann.«

»Bloß weil du 'nen Colt hast?«, fragte Heiner.

»Wo er wohl den Colt hat, in der Hose?«, mischte sich Henning Holz ein.

Heiner musste grinsen. »Ein Colt allein reicht aber

nicht, der muss auch geladen sein!« Henning und Heiner lachten laut los und prosteten sich zu.

Uwe stand schroff auf und nahm sein Bier: »Blödmänner!«, sagte er nur und verließ den Tisch. Er war verheiratet, aber seine Frau hatte nie ein Kind bekommen und gelegentlich wurde er deshalb gehänselt.

Die beiden anderen Männer kehrten zu ihrem Thema zurück: »Jedenfalls muss man sich mal etwas mehr um Rike kümmern! Kann doch nicht sein, dass sie hier so vertrocknet«, meinte Henning.

»Genau! Einer einsamen Lady muss man gelegentlich unter die Arme greifen!«

»Richtig«, pflichtete Heiner ihm bei, »am liebsten von hinten!«

Die Männer brüllten erneut los und ließen ihrer Fantasie laut ihren Lauf.

Drei Stunden später schlich eine dunkel gekleidete Gestalt auf dem Weg zu dem etwas abseits gelegenen Haus von Ulrike. Das Licht der Laternen meidend und sich immer wieder umsehend, näherte sich die Person dem Hof. Sie schien sich hier auszukennen, denn sie ging zielstrebig um das Haus herum und stellte sich an ein Fenster. In dem beleuchteten Wohnzimmer sah sie Ulrike in einem Sessel sitzen und ein Buch lesen. Leise Musik drang an ihr Ohr. Max, der Kater, lag auf dem anderen Sessel und schlief. Harmonie pur.

Die Gestalt war ein Mann und dieser überlegte, ob er sich bemerkbar machen sollte. Sollte er einfach an das Fenster klopfen oder vielleicht an der Tür klingeln? Aber wie würde Ulrike reagieren, wenn er so spät bei ihr auftauchte? Sicherlich, sie kannten sich, aber für einen Besuch zu dieser Zeit reichte es wohl nicht. So begnügte er sich wieder mit dem Betrachten dieser Idylle. Gerne wäre er jetzt mit Ulrike in diesem Zimmer gewesen, aber das würde später kommen. Erst musste er sie für sich gewinnen. Sie musste erkennen, dass er der Einzige und damit der Richtige für sie war!

Er sah auf seine Uhr. Schlaf gut, dachte er, ich muss los. Bis morgen, Rike. Er riss sich von dem Anblick im Wohnzimmer los und schlich davon.

Als Ulrike am nächsten Morgen am Frühstückstisch saß, klingelte ihr Handy und zeigte ihr an, dass sie eine Kurznachricht erhalten hatte. Für sie war das Telefon der Nabel zur Welt. Es war die Verbindung zur Clique in Berlin und so verging kaum ein Tag, an dem sie nicht angerufen wurde oder selbst jemanden anrief. Neugierig öffnete sie das Menü und las die SMS: »Guten Morgen, na, hast du schön geschlafen? Wie haben dir die Blumen gefallen? Ich denke an dich. Ein stiller Verehrer.« Ulrike runzelte die Stirn und las die Nachricht zum zweiten Mal. Sie suchte nach dem Absender, aber die Nummer war nicht gesendet worden.

Was ist das denn, dachte sie, wer ist der stille Verehrer? Ein bisschen kindisch, oder? Das muss der Absender der Blumen sein! Albern! Sie löschte den Text und goss sich erneut eine Tasse Kaffee ein. Längst hatte sie mitbekommen, dass die Herren des Dorfes ihr schöne Augen machten, aber sie hatte immer mehr als Kumpel darauf reagiert und weniger als Frau. Sie war taff genug, damit umzugehen und konnte nur darüber lächeln. Trotzdem war sie neugierig, wer da wohl an sie dachte. Der meldet sich wieder, dachte sie, und dann werde ich ja sehen, wer das ist.

Sie räumte den Tisch ab, zog sich um und ging hinaus in den Garten. Die Sonne schien und Ulrike wollte gerade einige kleinere Arbeiten erledigen, als vor ihrem Haus ein Auto hielt. Ein Mann stieg aus und ging auf die Pforte zu.

»Guten Morgen, schöne Frau! Schon so fleißig?«

Ulrike ging auf den Besucher zu und reichte ihm über den Zaun die Hand. »Irgendetwas ist ja immer zu tun«, sagte sie. »Guten Morgen, Klaus.«

Klaus Brand, der Vorsitzende der Jagdgesellschaft, war es gewohnt, direkt auf sein Ziel zuzugehen. »Ich muss in den Bruch, nachsehen, ob alles in Ordnung ist nach dem Sturm vorgestern. Willst du mitkommen?«

»Gut gemeint, Klaus, aber ich möchte Ordnung in den Garten kriegen! Den Zaun muss ich auch reparieren, ich hatte neulich sogar schon Rehe hier.«

»Der Garten läuft schon nicht weg, meine Schöne! Komm mit und morgen repariere ich deinen Zaun.«

»Nee du, lass mal! Das ist mir zu gefährlich im Wald! Übrigens: Vielen Dank für die Blumen!« Sie wagte den Versuch.

»Was für Blumen?«, fragte Klaus irritiert.

Also der nicht, dachte sie blitzschnell. »Na, für die ›schöne Frau‹!«, antwortete sie laut und drehte sich um. Sie hob einen Arm in die Höhe und winkte dem ihr Nachschauenden. »Tschüs, Klaus!«

Warte ab, mein Täubchen, dich kriege ich noch!, dachte Brand siegessicher. Das Spielchen spiel ich mit! Er stieg in seinen Jeep und brauste davon.

Am Abend saß Ulrike vor dem Fernseher und kraulte das Fell ihres Katers. Sie genoss es, alleine zu sein. Den Stress in Berlin hatte sie nie vergessen. Dabei war es nicht einmal der Druck auf ihrer Arbeitsstelle gewesen, sondern vielmehr der Druck innerhalb der Clique. Es hatte immer ein Event gegeben, das besucht werden musste. Kino, Theater, Galerie oder auch nur Kneipe, irgendetwas hatte es immer gegeben. Und sie mittendrin! Ohne sie war keine Tür zugegangen! Das hatte sie fertig gemacht. Auch das war ein Grund, weshalb sie weggegangen war aus Berlin. Das war sogar der Hauptgrund! Und so genoss sie eben die Zeit alleine. Ihr fehlte nichts. Und wenn sie mal Lust auf ihre alte Heimatstadt hatte, bitte, in gut zweieinhalb Stunden war sie über die Autobahn dort.

Bis jetzt hatte sie die Entscheidung, hierher zu ziehen, nie bereut. Und auch die Männerwelt vermisste sie nicht. Ihr stand nicht der Sinn nach einer neuen Bekanntschaft und schon gar nicht nach mehr. Das wäre für sie nur ein Schritt zurück in den alten Trott gewesen. Sie fühlte sich rundum wohl, so, wie sie jetzt lebte.

Ulrike wollte sich gerade ein Glas Rotwein einschenken, als ihr Handy klingelte. Sie sah auf das Display, aber es war wieder keine Nummer angezeigt »Ja, hallo? Hier ist Manthei.« Sie horchte in das Handy. Nichts. »Hallo, wer ist denn da?«, fragte sie erneut. Es kam keine Antwort, aber die Verbindung stand. Das sah sie am Sekundenzähler auf ihrem Display. Sie versuchte es erneut, aber der Anrufer schwieg. Ulrike zuckte mit den Schultern und legte auf. »Pech gehabt.«

Max war von ihrem Schoß gesprungen und lief in die Küche. Sie griff sich die Flasche und goss den Wein in das Glas. Die Sendung im Fernseher begann sie zu nerven und so zappte sie sich durch alle Programme, einmal hin und wieder zurück, aber wie es oft so ist, es war einfach nichts Vernünftiges drin. Jedenfalls nichts für sie. Ulrike schaltete den Fernseher aus und lehnte sich zurück. Ihr fiel der Blumenstrauß wieder ein. Bisschen viel auf einmal! Blumen vor der Tür, Klaus vor der Tür, ein Anrufer, der sich nicht meldet – was kommt denn noch? Macht mir keinen Ärger, Männer! Sie versuchte noch einmal zu erkennen, wer es gewesen sein könnte, aber sie kam zu keinem Ergebnis. Wahrscheinlich bilde ich mir da etwas ein, dachte sie sich und schaltete den Fernseher wieder ein.

Bei Jacobsens hing der Haussegen schief. Und das nur, weil Heiner seine Frau gefragt hatte, ob sie sich nicht ihre Haare blond färben wolle. Die glaubte, nicht richtig gehört zu haben und wusste sofort, was dahintersteckte.

»Bist du nicht ganz dicht, Heiner? Was ist das denn für ein Quatsch? Ich gefall dir also nicht mehr! Blonde Haare also! Wie wär's denn noch mit 'ner Brustvergrößerung? Und etwas Fett absaugen, wie? Meinst du, ich weiß nicht, woher der Wind weht? Glaubst du wirklich, ich hab nicht mitgekriegt, wie du die Neue anschmachtest? Und nicht nur du! Seit sie hier wohnt, seid ihr Kerle alle blöde!« Helga Jacobsen war außer sich und rang nach Atem. »Also, da hört's doch auf!« Sie schlug mit der flachen Hand auf den Tisch. »Frag mal Biggi Holz oder Gabi Brand! Bei denen sieht's nicht anders aus! Aber wir sind ja selbst schuld! Wir haben ja immer geschwiegen! Glaubst du, es hat uns gefallen, wie ihr auf

16

dem letzten Schützenfest um sie herumscharwenzelt seid? Umgebracht habt ihr euch fast für sie! Rike hier, Rike da! Noch ein Tänzchen? Noch ein Körnchen? Hör bloß auf, Heiner Jacobsen! Ihr alten Böcke macht so einen Wind! Unglaublich!«

Sie band ihre Schürze ab und warf sie auf den Boden. »Dein Essen mach dir mal alleine! Oder besser noch: Lass dir dein Abendbrot doch von Rikchen schmieren!« Sie stampfte aus der Küche und Heiner hörte nur noch das Zuschlagen der Haustür.

Er atmete tief aus. War wohl zu fett, Heiner, was?, sagte er zu sich selbst. Schiet, da muss man vorsichtiger sein. Er sah zur Uhr und stand auf. Ab in den Hafen, dachte er, ich brauch jetzt 'nen Kurzen. Er verließ das Haus und ging zur Kneipe.

Die »Hafenbar« war heute wenig besucht und Heiner ging direkt auf den Tresen zu. »Moin, Korn und ein Bier! Bitte!« Die Getränke waren noch nicht gebracht worden, als die Tür aufging und Henning Holz eintrat.

»Moin, hab ich mir gedacht, dass du hier bist, Heiner. Deine Olle ist bei uns. Die ist ganz schön geladen, du. Ich hab nur Bruchstücke mitgekriegt, aber das hat gereicht. Die alte Leier. Rike! Du, das kenn ich! Hab ich alles hinter mir!« Die Wirtin brachte das Bestellte. »Noch mal dasselbe, aber diesmal 'nen Doppelstöckigen, für uns beide, Irmchen!«

Während Heiner seinen Schnaps hinunterkippte und mit dem Bier spülte, fing Henning erneut an: »Was hab ich schon für Szenen erlebt mit meiner Alten! Wegen nix! Wegen wirklich nix!« Die neue Runde kam und die Männer tranken wie abgesprochen auf ex. »Wenn da mal was gewesen wäre, okay. Aber Zank wegen nix, versteh ich nicht!«

Heiner hatte die ganze Zeit über geschwiegen und sagte jetzt: »Wir müssen sensibler sein, mein Alterchen! Das ist alles kein Problem, wenn man SENSIBEL ist!«

Holz sah Heiner verständnislos an: »Wie jetzt? Was meinst du?«

»Na ja, man muss nur nicht immer so mit der Tür ins Haus fallen. Ich hab Helga nur gefragt, ob sie sich ihre Haare nicht mal blond färben möchte und da hat sie gleich den Braten gerochen. Dabei hatte ich gar nicht an Ulrike gedacht, jedenfalls nicht so wirklich! Trotzdem ist Helga gleich ausgerastet.«

»Na, da haben die Weiber ja das richtige Thema am Wickel! Buh, so schnell sollten wir nicht nach Hause! Irma, noch mal dasselbe!«

Der schnell getrunkene Alkohol begann zu wirken. »Sie soll ja gar nicht so sein wie Rike«, nahm Henning den Faden wieder auf, »geht ja auch schon vom Alter her nich. Aber so 'n bisschen aufpeppen kann sie sich doch, verstehst du? Kann doch nich so schwer sein! Gibt doch heute schon alles.«

»Genau!«, pflichtete Holz ihm bei. »Iss bei mir ja nich anders! War auch alles gut bis jetzt! Aber wenn so 'ne Granate hierher zieht … ist doch klar, dass man mal guckt.«

»Richtig! Gucken darf man wohl noch … ! Noch mal voll, die Gläser! Irmchen!«

Hing der Haussegen heute schief, am darauf folgenden Tag war die Stimmung in den Häusern Jacobsen und Holz eisig.

Ulrike räkelte sich in ihrem Bett. Es war Sonntag. Irgendwie war jeder Tag ein Sonntag. Sie hatte kaum Termine, konnte sich ihre Zeit einteilen und sich ihrem Hobby, das nun zum Beruf geworden war, widmen. Aber wenn sie zum Kalender sah und es war tatsächlich Sonntag, zelebrierte sie diesen Tag auch als solchen. Sie machte sich ein besonderes Frühstück, kochte Kaffee und trug alles in ihr Bett. Allein dieses Frühstück unterschied den Sonntag von den anderen Tagen.

Sie schlüpfte gerade wieder in ihr Bett, als das Handy klingelte. Sie ließ die Melodie mehrmals wiederholen, aber der Anrufer gab nicht auf. Ulrike stand auf, holte das Telefon und sah auf das Display. »Hi, Holger, guten Morgen. Was gibt es?«

»Guten Morgen, meine Schöne. Ausgeschlafen? Wie geht es dir in der Pampa?«

»Du kannst es nicht lassen, was?«, antwortete sie. »Was willst du?«

»Dich besuchen!«

»Was? Du willst mich besuchen? Hier in der PAMPA? Was willst du hier?«

»Du fehlst mir, Ullilein! Ich habe Sehnsucht nach dir. Morgen habe ich frei und da habe ich mir gedacht, ich sollte dich mal besuchen!«

»Liegt nichts an in Berlin? Ist dir das zu eng dort, dass du in die große weite Welt musst?«, fragte Ulrike spöttisch.

»Ab und zu muss man mal in die Provinz, um danach zu wissen, was man an Berlin hat«, antwortete er.

»Siehst du, bei mir ist das genau anders herum! Und weil das so unterschiedlich ist bei uns beiden, solltest du nicht herkommen!«

»Nun sei kein Frosch, Ulli! Ich kann in drei Stunden da sein!«

»Dann stehst du vor verschlossener Tür, mein Lieber! Ich bin unterwegs und komme erst Montagabend zurück.«

»Wo willst du denn hin? Ein neuer Mann? Ulrike! Hast du einen Neuen?«

»Und wenn? Das ginge dich gar nichts an!«

»Doch! Das geht mich sehr wohl etwas an! Ich muss wissen, wer das ist. Der will vielleicht nur das Haus! Und da steckt auch noch Geld von mir drin!«

»Sag mal, Holger, tickst du nicht richtig?« Ulrike war empört. »Bist du nicht ganz dicht? Entschuldige, aber das kann doch nicht wahr sein! Wir haben eine Vereinbarung und du hast immer pünktlich dein Geld bekommen! Es sind keine zehn Prozent mehr, die du noch kriegst! Und da glaubst du, du hättest irgendwelche Rechte? Auf mich ja wohl schon gar nicht!«

»Ulli, versteh mich doch! Ich hänge noch an dir! Denk doch mal an früher! Hast du nun einen Neuen?«

»Ich habe keinen Neuen und ich will auch nicht den Alten, verstehst du? Darüber haben wir doch lang und breit geredet! Also, mach dir schöne Tage wo du willst, aber nicht hier, okay? Ich muss jetzt los, tschüs, Holger.«

Ulrike legte auf. Sie war böse. Tickte der nicht richtig, oder was? Auf ihr Frühstück im Bett hatte sie keine Lust mehr.

Zicke, dachte Holger und rief ein Taxi. Er wollte auf dem Kudamm frühstücken. Irgendetwas läuft da immer, dachte er.

Er zog an seiner Zigarette und sah an die Zimmerdecke. Vom Bett aus sah er dem Qualm nach, der aufstieg und sich dort verteilte. Sonntag. Ein freier Tag. Was sollte er mit diesem machen? Er war alleine zu Hause und überlegte, was er nun anfangen konnte. Eines stand fest: Er musste raus! Raus aus dem Haus, weg vom Ärger! Mal den Kopf frei bekommen. Einmal ausspannen. Mit dem Boot rausfahren, entlang der Küste, an den Inseln vorbei und hin zu der kleinen Bucht, die von Land aus nicht zu erreichen war. Sie konnten einen Picknickkorb mitnehmen, ein paar Brote und Kaffee, er und Ulrike. Vielleicht auch zwei Flaschen Piccolo!

Er sah aus dem Fenster. Das Wetter war gut. Wie schön wäre es, jetzt bei ihr anzurufen und sie dann abzuholen. Aber was würde sie sagen? Wie würde sie reagieren? Zumal es geheim bleiben müsste! Bis jetzt hatte niemand bemerkt, was er für sie empfand. Sie selbst wahrscheinlich auch nicht. Das war ja das Problem! Also, einfach anrufen ging nicht. Er musste das anders machen! Er musste ganz offiziell zu ihr gehen und seine Hilfe anbieten! Auf ihrem Hof gab es für einen Mann immer etwas zu tun. Und wenn sie dann etwas vertrauter miteinander waren, konnte er zum Angriff übergehen. Genau! So musste er verfahren. Er nahm einen letzten Zug und drückte die Zigarette aus. Auf einmal war er voller Elan. Er sprang aus dem Bett und zog sich an.

Wenig später war er vor dem Haus am Deich. Seine Hoffnung, Ulrike im Garten anzutreffen, erfüllte sich. Sie trug einen Overall und war dabei, die Pergola mit Holzbeize zu behandeln.

»Guten Morgen, Rike! Schon so fleißig? Ich wollte den

Zaun reparieren, hinterm Haus, wir haben darüber gesprochen!«

»Aber das hat doch noch Zeit! Das ist nicht so eilig. Bis jetzt sind nur ein paar Rehe in den Garten gekommen! Hast du frei heute?«

»Ja, und ich habe mir gedacht, was fertig ist, ist fertig!«

»Da hast du wohl Recht, komm rein!« Ulrike öffnete das Gartentor und ließ den Besucher hinein. »Draht und Werkzeug liegen im Schuppen! Damit müsste es gehen«, sagte sie. »Ein Bierchen vorneweg?«

»Nee, lass mal! Erst die Arbeit, hinterher gerne!« Er ging zum Zaun, um sich ein Bild vom Schaden zu machen, und fühlte sich ausgesprochen wohl. Sollen die anderen ruhig auf ihre plumpe Art versuchen, sich an sie heranzumachen, sie haben gar keine Chance! Da müssen schon Männer kommen und keine Hampelmänner!, dachte er. Hier ist meine Zukunft! Ich bin nicht zu alt, um noch einmal anzufangen. Ich werde mich scheiden lassen! Das ist schon längst fällig! Das gibt noch Zank und Tränen, aber was soll's. Das ist doch schon lange keine Ehe mehr! Mit Ulrike wird das ganz anders!

Er drehte sich um und sah sie, auf Zehenspitzen stehend, das Ziergitter streichen. Mit einem tiefen Seufzer begab er sich an seine Arbeit und behob den Schaden. Geschickt flocht er den sperrigen Draht in den Zaun. Das in Aussicht gestellte Bier sah er als Belohnung und als Zeichen von Vertrauen. So stellte er sich das Leben vor: das Häuschen hier und beide packen an! Sie würden sich ein Heim schaffen! Was noch fehlte, würde er zusteuern! Sie konnte ihre Bilder malen und er würde seinen Verdienst auf den Tisch legen. Gut würde es ihnen gehen! Richtig gut!

Mit diesen Gedanken vollendete er seine Arbeit und ging zu ihr. »Fertig«, sagte er stolz, »hast du noch etwas zu reparieren?«

»Was, schon fertig? Das muss ich mir ansehen!« Sie wischte die Hände an ihrer Hose ab und kam auf ihn zu. »Lass uns gucken!«, sagte sie und ging voran.

Er folgte ihr dicht nach, sah auf ihr Haar und ihre Schultern, die schmal und zerbrechlich schienen, es aber nicht waren. Er konnte sie riechen, diese Mischung aus Parfum und frischer Farbe, aber das war nur der Anfang! Er wollte sie auch schmecken und fühlen, wollte sie anfassen und streicheln.

Sie kamen an der Stelle an, an der er das Loch beseitigt hatte und Ulrike prüfte fachmännisch die Arbeit. »Das hält! Prima!« Sie drehte sich um und strich über seinen Arm. »Danke. Aber jetzt gibt's das Bier!«, sagte sie bestimmend. Er atmete tief auf. Es war lange her, dass seine Frau ihn gelobt hatte und ihm auch noch ein Bier angeboten hatte. Diese Geste bestätigte ihn nur in seiner Absicht.

Sie gingen zum Haus und während Ulrike die Getränke holte, setzte er sich auf einen Gartenstuhl. Er überlegte, ob er sich ihr offenbaren sollte. Sollte er ihr sagen, dass er sie liebte? Sollte er ihr von seiner gescheiterten Ehe erzählen und wie er sich das Leben mit ihr vorstellte? Er hörte ihre Schritte und beschloss, abzuwarten.

Ulrike kam zurück und hielt zwei Flaschen Bier hoch. »Pause! Ach, jetzt habe ich den Öffner vergessen!« Sie griff in die Seitentasche ihres Overalls, holte einen Zollstock heraus und ehe er sich versah, hebelte sie die Flaschen auf.

»Hallo! Das kannst du also auch?«

»Klar, habe ich damals bei meinem Praktikum auf dem Bau gelernt. Prost!« Sie hielt ihm ihre Flasche zum Anstoßen hin.

Er schüttelte den Kopf: »Unglaublich, diese Frau! Prost!«

Sie schlugen leicht die Flaschen zusammen. Dann beobachtete er sie, wie sie trank, ohne auch nur einen Tropfen zu verschütten. Er trank seine Flasche bis zur Hälfte leer und setzte sie ab. Auch sie setzte ihre Flasche ab und strich sich mit dem Handrücken über den Mund.

»Lecker«, sagte sie und sah ihn an. »Du kriegst hoffentlich keinen Ärger mit deiner Frau! Weiß sie, dass du hier bist?«

»Nee, sie ist gestern schon zu ihrer Mutter gefahren und kommt erst morgen wieder zurück.« Er senkte den Kopf.

Ulrike sah ihn an. »He, was ist los? Hab ich da in ein Wespennest gestochen? Hast du Stress zu Hause?«

Er sah auf seine Schuhe und nickte.

»Willst du darüber sprechen?«, fragte sie.

Er zuckte mit den Schultern. »Lass mal, da muss ich durch!«

»Das wird schon wieder, oder?«

»Das ist vorbei! Aus! Punkt!« Er blickte auf und sah sie an: »Ich will nicht mehr! Ich kann nicht mehr und ich will auch nicht mehr.«

»Ich kenne das«, antwortete sie. »Aber ich war nicht verheiratet. Vielleicht ist das anders, wenn man verheiratet ist. Da soll man doch zusammenhalten! Gute Zeiten, schlechte Zeiten, du verstehst?«

»Sicher, aber wenn es vorbei ist und nur noch Zank im Haus herrscht, muss man den Schlussstrich ziehen! Ich bin achtunddreißig Jahre alt! Mit zweiundzwanzig habe ich geheiratet. Ich kann gut und gerne noch fünfunddreißig bis vierzig Jahre leben. Aber nicht mehr im Streit!« Er senkte erneut den Kopf und sah auf den Boden.

Ulrike hielt ihm wieder ihre Flasche hin. »He, lass den Kopf nicht hängen! Und das meine ich im wahrsten Sinne des Wortes! Das Leben ist so spannend und voller Überraschungen! Ich habe mich auch verändert, habe mich von Zwängen gelöst, bin hierher gezogen. Ich habe ein völlig neues Leben begonnen und bereue nichts! Du musst nicht immer gleich wissen, was du willst, aber du solltest wissen, was du nicht willst! Verstehst du? Das hilft dir vielleicht bei deiner Entscheidung.«

Er hatte den Kopf gehoben und sah sie an. Sie sprach ihm aus dem Herzen und am liebsten hätte er sie jetzt in den Arm genommen, aber er traute sich nicht. Irgendetwas hielt ihn davon ab. Vielleicht spürte er die Blicke, die auf sie gerichtet waren.

Von einem Hochsitz aus beobachtete Klaus Brand das Geschehen auf dem Hof. Sein Jagdrevier lag hinter dem Feld, welches ans Manthei'sche Grundstück grenzte. Klaus sah durch sein Fernglas und konnte gar nicht glauben, was er dort sah. Das gibt's doch nicht!, dachte er. Sieh mal an, dieser ehrenwerte Mann! Uns Vorschriften machen wollen und selbst ist er so ein Weiberheld! Gut, dass ich das weiß! Wissen ist Macht! Und wenn du mir das nächste Mal quer kommst, mein Lieber, reib ich dir das unter die Nase. Er war eifersüchtig und konnte nicht ertragen, dass dieser Kerl da Ulrike anbaggerte. Wer weiß, was noch alles dort passiert, dachte er. Dem muss man Einhalt gebieten! Der ist verheiratet! Dass er selbst verheiratet war, ignorierte er dabei völlig.

Er stieg die Leiter hinab und ging zu seinem Jeep. Durch den Hohlweg im Wald und dann über den Feldweg gelangte er zum Manthei-Hof. Er stellte seinen Wagen ab und ging direkt durch die Pforte hindurch. Mit festem Schritt eilte er an die Rückseite des Hauses. Er bog um die Ecke. »Sieh mal an! Wer turtelt denn hier schon am frühen Morgen?«

Ulrike sah erschrocken auf. »Was machst du denn hier? Ich habe dich gar nicht kommen hören! Was willst du?«

»Ich will den Zaun reparieren!«, antwortete Klaus dreist.

»Das Loch ist bereits gestopft«, antwortete sie. Klaus Brand sah auf den vor ihm Sitzenden. »Was hier wohl für Löcher gestopft werden«, höhnte er.

Der Mann sprang auf: »Was willst du damit sagen? Brand! Sei vorsichtig!«

»Sei du lieber vorsichtig! Scharwenzelst hier herum und zu Hause wartet deine Frau!«, fauchte Klaus. Ulrike konnte gerade noch zwischen die Männer springen und eine Schlägerei verhindern.

»Seid ihr nicht ganz bei Trost, oder was? Spinnt ihr jetzt völlig? Raus! Verlasst sofort mein Grundstück! Alle beide!« Sie kochte vor Wut und schob die Rivalen den Weg entlang. Schweigend gingen diese, sich keines Blickes würdigend, zum Ausgang und verließen den Hof. Ulrike schlug die Gartentür zu.

»Danke für die Reparatur! Und du, Klaus, brauchst nicht wieder hierher zu kommen, es sei denn, du willst dich entschuldigen!« Sie stampfte den Weg zurück, ohne sich noch einmal umzudrehen. Nur das Abfahren der Autos hörte sie noch.

Was habe ich falsch gemacht?, fragte sie sich. Wie kommen die Kerle darauf, dass ich mich für sie interessieren könnte? Das war doch eben eindeutig Eifersucht! Die hätten sich doch beinahe um mich geschlagen! Hier auf meinem Hof! Vor meinen Augen! Sie setzte sich auf die Schaukel. Was soll ich denn machen?, fragte sie sich. Habe ich ihnen schöne Augen gemacht? Bestimmt nicht! Ich wollte doch nur zur Gemeinschaft gehören und nicht die »Großstadtpomeranze« sein! Da muss man doch mal mehr sagen als »Guten Tag«. Hier auf dem Land kann man sich nicht aus dem Weg gehen! Ärger im Ort hat mir noch gefehlt!

Ulrike beschloss, in Zukunft vorsichtiger zu sein.

Klaus Brand war in Rage. Der Rausschmiss eben gefiel ihm gar nicht. Dieser Abgang passte nicht in sein Konzept. Mit durchdrehenden Rädern fuhr er an. Er jagte mit seinem Jeep den Weg vor Ulrikes Haus in Richtung Ortsmitte entlang und versenkte das hinter ihm fahrende Auto in einer riesigen Staubwolke. Mit Genugtuung sah er in den Rückspiegel und freute sich darüber, zumindest jetzt seinen Konkurrenten abgeschüttelt zu haben. Der musste seinen Wagen stoppen und schüttelte den Kopf. Der aufgewirbelte Staub nahm ihm die Sicht.

Du bist nicht ganz dicht, Brand, dachte er, aber leg dich nicht mit mir an! Das Ding kannst du nur verlieren. Wenn ich dich das nächste Mal erwische, bist du dran! Und lass deine Pfoten von Ulrike! Sie gehört mir! Er lächelte, als er an sie dachte. Diese Abfuhr an Klaus war eindeutig und galt eigentlich nur ihm! Er selbst war ja sogar noch mit einem »Danke« verabschiedet worden. Damit hatte sie eindeutig Position für ihn bezogen! ER durfte wieder kommen!

Der Straßenstaub hatte sich gelegt und er startete das Auto. Der Jeep vor ihm war längst verschwunden. Er hatte keine Lust, ihm zu folgen. Das hatte Zeit. Der Gedanke, dass sie sich eben fast geschlagen hätten, ließ ihn nicht los. Um ein Haar wäre es geschehen und sie hätten sich wegen ihr geprügelt! Dass Klaus ihm die Stirn bieten wollte, war ungeheuerlich. Der musste doch wissen, dass er den Kürzeren ziehen würde! Dass es überhaupt so weit kommen musste! Brand, sieh dich vor, ich behalte dich im Auge!, dachte er und fuhr nach Hause.

Jan, der Junge vom Nachbarhof, hörte vor seinem Fenster den vorbeirasenden Jeep. Dann sah er die Wolke und danach das zweite Auto. Er zog die Stirn kraus und überlegte. Die Fahrzeuge konnten nur von Rike kommen, nur sie wohnte am Ende des Weges. Er war beunruhigt und sprang auf. Da ist doch hoffentlich nichts passiert, dachte er. Voller Sorge lief er über den Hof und rannte zu ihrem Haus.

Ulrike hörte auf ihrer Terrasse das Klappern der Pforte. Nein, nicht schon wieder!, dachte sie und stand auf. Da kam ihr auch schon Jan entgegen. »Alles okay bei dir?«, fragte er.

»Ja, na klar! Warum?«, antwortete sie.

»Ich sah die Autos vorbeikacheln wie die Verrückten und da dachte ich, es ist was passiert.«

Sie lächelte und strich ihm über seinen Wuschelkopf.

»Das ist aber lieb von dir! Schön, einen Beschützer in der Nachbarschaft zu haben. Aber es ist alles in Ordnung. Ich habe mir nur den Zaun reparieren lassen. Da gab es wohl unterschiedliche Auffassungen über die Art und Weise der Durchführung. Männergehabe, du verstehst?«

»Ach so. Dann ist ja alles gut.« Ihm gefiel die Nähe von Ulrike und er überlegte, wie er sich noch länger hier aufhalten könnte. »Hast du noch einen Job für mich? Ich habe Zeit!«

»Nein, ich habe nichts zu tun für dich, aber ein Bier kannst du haben, wenn du willst.«

»Klar will ich, gerne!«, antwortete Jan erfreut. Sie holte eine Flasche und reichte sie ihm.

»Du nicht?«, fragte er und hielt die Buddel hoch.

»Nee, lass mal, wohl bekomm's!« Sie nickte ihm zu und setzte sich ebenfalls. »Du, sag mal, ich muss dich mal was fragen, ja?« Jan sah sie erstaunt an. »Klar, was gibt es?«

»Na ja, weißt du, mich würde mal interessieren, was man hier so über mich denkt.«

Ulrike hatte klipp und klar gefragt. »Was man über dich denkt?«, fragte er zögerlich zurück. »Wieso, gibt es Probleme?«

»Ich hoffe doch nicht! Aber mal ehrlich: In letzter Zeit schleichen mir zu viele Männer hier rum! Du weißt schon, bagger bagger. Und das von verheirateten Kerlen. Da habe ich überhaupt keinen Bock drauf, weißt du!«

»Jetzt willst du von mir wissen, was man über dich so erzählt?«, fragte Jan nach.

»Genau!«, antwortete sie.

»Hmm, das eine oder andere habe ich schon mitge-kriegt, in der Kneipe und so. Ist ja auch kein Wunder, so wie du aussiehst!« Er machte eine Pause und sah sie un-geniert an. »Aber Jan, das sind doch nur Äußerlichkei-ten!« Ulrike fasste sich an den Kopf.

»Klar, weiß ich! Aber das ist ja nun mal so! Aber auch sonst bist du klasse! Bist dir nicht zu schade, mal mit anzupacken, wie zum Beispiel bei der Renovierung des Vereinshauses und so.«

»Ich lebe doch hier! Das ist doch normal, oder?«

»Sicher, aber selbst einige Alte aus dem Dorf halten sich aus allem raus. Es ist doch so: Kommst du irgend-wo rein, wird es hell!«

»Nun halt aber mal die Luft an, Jan! Gut, der liebe Gott hat es gut mit mir gemeint und meine Eltern haben damals ein süßes Baby gezeugt, aber alles andere finde ich schon völlig normal. Und das ist kein Grund, mir hinterherzusteigen!«

»Du sprichst mit jedem, hilfst jedem, tanzt mit je-dem, feierst mit jedem – das ist es! Es ist deine offene Art!«

»Nee, das meinst du nicht im Ernst, oder?« Was in Berlin für sie völlig normal war, musste doch hier auch möglich sein. »Ich bin doch kein Weltwunder! Das war doch früher nicht so, als ich herzog.«

»Da liegst du falsch! Dir haben sie schon immer hin-tergeschaut. Ich ja auch. Aber da hattest du deinen Freund mit. Deswegen hat sich auch niemand getraut, sich dir zu nähern. Aber jetzt, wo du allein stehend bist, meint man, eventuell bei dir landen zu können.«

»Das hab ich befürchtet!« Sie machte eine Pause, bevor sie ihn ansah. »Du auch?« Verlegen sah Jan zur Seite. »Ich bin auch bloß ein Mann!«

Ulrike lachte laut los. »Entschuldige, sicher, du bist auch ein Mann! He, sieh mich an!« Er drehte den Kopf zu ihr. »Jan, mein Beschützer! Soll ich jetzt in Lumpen rumlaufen und zu Hause sitzen und Tee trinken? Ehrlich jetzt: ist das besser? Soll ich mich zurückziehen und nur noch nachts vor die Tür gehen?«

Jan grinste. »Nee, bleib mal so, wie du bist und nimm es nicht so ernst! Ich meine, es wird dich schon keiner entführen!«

»Dann bin ich ja beruhigt! Noch ein Bier?« Jan sah zur Uhr. Er fühlte sich nicht mehr besonders wohl bei dem Gespräch und schob Zeitnot als Ausrede für seinen Abschied vor. »Ich muss los, ein anderes Mal gerne. Mach's gut, Rike.«

»Mach du es auch gut, tschüs. Und danke noch mal für die Sorge um mich und dass du vorbeigeschaut hast.«

»Kein Problem! Ciao.« Er verließ den Hof und dachte darüber nach, ob er nun bei ihr weitergekommen war oder ob er sich lächerlich gemacht hatte. Er hatte keine Ahnung.

Es war Montag und das geschäftige Treiben des Alltags erfüllte die Kleinstadt. Ulrike legte ihre Besorgungen gerne auf den Montag, weil dies für sie, gerade nach einem Wochenende, eine willkommene Abwechslung war.

Sie war in die Stadt gefahren, um einen Bauantrag für ihren Wintergarten zu stellen. Sie wollte die Nachmittagssonne in ihm einfangen und ihr Atelier dorthin verlegen. Der Sachbearbeiter sah keine Bedenken und so musste sie ihre Vorstellungen nur noch mit einem Architekten besprechen. Sie folgte seiner Empfehlung und fuhr zur angegebenen Adresse. Das Büro war besetzt und der Architekt anwesend. Er war in ihrem Alter und beide waren sich sofort sympathisch.

Sie äußerte ihre Wünsche und bald waren sich beide einig. Nachdem sie einen Besichtigungstermin bei ihr vereinbart hatten, verabschiedete sie sich und fuhr zurück.

Schon von der Pforte aus sah sie das Päckchen an der Türklinke. Es hing dort, weithin sichtbar, doch sah man, dass es nicht von der Post gebracht worden war. Dafür war es zu persönlich. Das sah man schon am Papier. Es war bunt und die Schleife darum hielt mehr schlecht als recht. Ulrike nahm es von der Klinke und drehte es nach allen Seiten. Es stand nichts darauf, kein Brief, kein Zettel, nichts. So wie das Päckchen eingepackt war, musste es ein Kind getan haben, oder ein Mann. Keine Frau würde so ein Päckchen packen. Ein Mann! Das war es! Ulrike stöhnte laut auf. Nicht auch noch das!

Sie ging ins Haus und legte ihre Unterlagen in das Arbeitszimmer. Dann holte sie aus der Küche das Katzenfutter und füllte die Schale für Max. Sie ließ sich absichtlich Zeit dafür. Zwar dachte sie an das Päckchen, aber sie wollte ihm keine besondere Bedeutung beimessen. Sie wollte nicht, dass dieses Päckchen – und damit auch der Absender – ihren Tagesablauf durcheinander brachte! Sie ahnte, dass es von einem dieser stillen Verehrer kam. Wahrscheinlich sind da irgendwelche ranzigen Pralinen drin, mit billigem Fusel gefüllt, dachte sie, und darauf kann ich wirklich verzichten.

Ulrike machte sich etwas zu Essen. Sie setzte sich in den Sessel vor den Fernseher und kaute auf ihrem Brot herum. Ihre Gedanken kreisten um das Päckchen. Mit einem Ruck stand sie auf und holte es zu sich. Sie besah es sich noch einmal genau und riss dann die Verpackung auf. Mit ihrer Vermutung, dass es sich um Pralinen handeln könnte, lag sie richtig. Die in Herzform gegossene Schokolade sollte wohl das ausdrücken, was der Absender nicht aufschreiben wollte. Mag ja ganz nett sein, dachte Ulrike, aber ohne Absender wird's kindisch. Sie legte die Schachtel in die Kommode. Sollte das eine Entschuldigung von Klaus sein?, fragte sie sich. So billig kommst du mir nicht davon, mein Lieber!

Ulrike holte die Mappe des Architekten und blätterte darin. Sie erinnerte sich an den Besuch im Büro. Die ersten Entwürfe hatte sie selbst gestaltet und er hatte sie für ihren Sachverstand bewundert. Als sie ihm dann erklärte, dass sie Bauingenieurin war, hatte er gelacht und gefragt, ob sie nicht bei ihm anfangen wolle. Ulrike hatte kokettiert und geantwortet, dass sie erst seine Fähigkeiten an ihrem Objekt prüfen wolle. Als sie ging, sah er ihr hinterher und beide freuten sich auf ein Wiedersehen.

Plötzlich klingelte das Handy. »Ulrike Manthei, guten Abend.« Stille am anderen Ende. »Hallo, sprechen Sie bitte!«, forderte sie den Anrufer auf. Doch der antwortete nicht. »Jetzt hör mir mal genau zu, du Spinner! Ich weiß nicht, wer du bist, aber du gehst mir auf den Keks!« Sie sprach ganz ruhig, aber mit Nachdruck. »Und sollten die Pralinen von dir sein: Die hab ich weggeworfen! So, nun weißt du Bescheid. Und noch eins: Spar dein Geld für einen Arzt!« Sie drückte ihr Telefon aus und atmete tief durch. Das kann doch nicht wahr sein, dachte sie. Das ist ja schon Belästigung!

Der Mann am anderen Ende war verblüfft. Die schroffe Art von Ulrike und ihre Abfuhr beleidigten ihn. Aber gleichzeitig verzieh er ihr. Sie konnte ja nicht wissen, wer ihr die Schokolade geschickt hatte und die Blumen und wer sie anrief. Er war sich sicher: Wüsste sie, dass ER das war, würde sie viel freundlicher reagieren. Aber er konnte sich noch nicht zu erkennen geben. Das war zu früh. Die Zeit war noch nicht reif dafür. Aber sie würde kommen! Bald! Und in der Zwischenzeit würde er ihr weiter Blumen schicken! Frauen lieben Blumen, dachte er sich, Frauen muss man mit Aufmerksamkeiten beschenken! Man muss sie auf Händen tragen und verwöhnen! Er nahm erneut sein Handy. Ich werde ihr schreiben und alles erklären, dachte er sich und tippte die Wörter ein.

Als ihr Handy den Empfang einer Nachricht signalisierte, dachte sie sofort an den anonymen Anrufer. Geht das jetzt weiter?, fragte sie sich und öffnete das Menü.

»Liebe Ulrike. Sei mir bitte nicht böse wegen dem Anruf eben. Ich will dir nicht auf die Nerven gehen. Ich kann dir im Moment noch nicht sagen, wer ich bin, aber das kommt noch. Die Blumen neulich habe ich dir geschickt und auch die Schokolade.«

Die Nachricht war zu Ende und Ulrike las den Text ein zweites Mal, als das Telefon erneut eine SMS anzeigte. »Ich muss nur noch einiges in meinem Leben ordnen und dann bin ich für dich da. Ich habe mich in dich verliebt! Bis bald. Dein stiller Verehrer.«

Die Nachricht war zu Ende. Sie schüttelte den Kopf. Das war genau das, was sie befürchtet hatte. Sie sah noch einmal nach dem Absender, aber die Nummer war unterdrückt worden. Ärgerlich warf sie das Handy auf die gegenüberstehende Couch. Sie dachte nach, wer der »stille Verehrer« wohl sein konnte. Dabei ging sie in Gedanken alle Männer des Ortes durch. Sie kam zu keinem Ergebnis. Aber es musste einer von hier sein. Fremde fielen sofort auf. Da konnte nicht jeder so einfach ein Päckchen an ihre Tür hängen. Doch wer war es? Diese Frage ließ sie nicht los.

In der »Hafenbar« ging gerade die Versammlung zu Ende. Die Brüder und Schwestern der Schützenzunft hatten sich getroffen, um das diesjährige Fest zu besprechen. Das war allerdings nicht besonders schwer, da der Ablauf wie jedes Jahr derselbe war. Nach dem Ausschießen der Könige am Vormittag sollten parallel dazu auf dem geschmückten Anger von der Feuerwehr Fassbier ausgeschenkt und von Schlachter Heitmann aus seinem Imbisswagen heraus Bratwurst und Pilze mit Knoblauchsauce verkauft werden. Für die Jugend fand ein Fußballturnier mit drei Mannschaften statt und für die Kinder hatte Uwe Petersen, der Polizist, extra einen Streifenwagen angefordert. Am Abend sollte im Festzelt zum Tanz aufgespielt werden und so wurde eine Band aus der Kreisstadt verpflichtet. Wie jedes Jahr.

Es war inzwischen neun Uhr und als die Frauen nach Hause gingen, blieben die Männer sitzen. »Ein, zwei

Bierchen noch«, versprachen sie ihren Frauen, die wussten, dass es ein Vielfaches mehr werden würde. Hatten sie sich während der Versammlung noch zurückgehalten, bestellten die Männer jetzt zu ihrem Pils jeweils eine Runde Korn.

»So, das ist in trockenen Tüchern«, sagte Heiner Jacobsen. »Schkool!« Er hob sein Glas und schaute in die Runde. Alle griffen ihre Gläser und prosteten ihm zu. Nur Uwe Petersen ließ sein Glas stehen. »Was ist mit dir?« Heiner sah ihn fragend an.

»Ich trink nicht mit jedem!«

»Wie jetzt, pass ich dir nicht mehr?«

»Du schon, aber Brand nicht!« Heiner sah zu Klaus Brand, der am anderen Ende der Tafel saß und mit Heitmann sprach. »Wieso nicht, was habt ihr beiden denn?«

»Ist 'ne Sache zwischen uns«, wich Uwe aus. »Gehört nicht auf den Tisch hier.«

»Gut, gut«, antwortete Jacobsen, »dann trink wenigstens mit mir!«

Uwe sah ihn an und drehte dem Tischende den Rücken zu. Die Männer tranken und setzten ihre Gläser ab. »Willst du mir nicht sagen, worum es geht?«, fing Heiner erneut an. Uwe rang mit sich. »Es geht um Rike.«

»Was gibt es da denn?«

»Brand stellt ihr nach!«

»Das ist nichts Neues.«

»Du weißt davon?«, fragte Uwe nach.

»Na ja, da ist er doch wohl nicht der Einzige, oder?«

»Sie hat ihn aber vom Hof geschmissen! Das habe ich so mitgekriegt.«

Als ob Klaus Brand merken würde, dass man über ihn

sprach, sah er zu ihnen beiden rüber. »Komm, wir gehen an den Tresen«, sagte Heiner und sie verließen den Tisch. Sie bestellten bei Irmgard ein »Gedeck« und setzten sich auf die Barhocker.

»Das ist ja krass! Vom Hof geworfen? Hat er sie belästigt, ich meine sexuell?«

»Na, das fehlte noch!«, antwortete Uwe. »Da müsste ich ja als Gesetzeshüter einschreiten! Aber so lange sie keine Anzeige macht, kann ich auf Amtswegen nichts machen!«

»Wenn das seine Alte wüsste, die würde ihn in der Luft zerreißen! Mir klingt jetzt noch das Gezeter von meiner Helga im Ohr. Die ist neulich total ausgeflippt!«

»Ich hab davon gehört. Was wollt ihr auch alle bloß von Rike? Lasst sie doch einfach in Ruhe!«

»Also, von mir hat sie nichts zu befürchten. Noch so 'n Ding von mir und Helga lässt sich scheiden. Das hat sie mir klipp und klar gesagt. Und da hab ich überhaupt keinen Bock drauf!«

»Worauf hast du keinen Bock?«, fragte Klaus Brand, der plötzlich hinter ihnen stand. Heiner drehte sich um. »Das werde ich dir sagen: auf Ärger mit meiner Frau!«

»Wieso gibt's Ärger?«, fragte Klaus.

»Aus demselben Grund, weshalb du Ärger mit deiner Gabi bekommst!« Uwe hatte sich mit einem Ruck umgedreht und sah Klaus böse an.

»Ach, so ist das!« Klaus Brand höhnte: »Der Dorfsheriff meldet sich zu Wort. Der Beschützer der Witwen und Waisen. Der Handwerker für alle Fälle! Was willst du denn? Nichts zu tun heute? Kein Loch zu stopfen?«

Uwe Petersen schlug zu. Klaus sah die heranfliegende

Faust nicht. Er verspürte auf einmal einen stechenden Schmerz und seine Augen tränten. Dann erst realisierte er, dass er von Uwe geschlagen wurde. Er hielt sich beide Hände vor die Nase.

»Du Schwein! Du Sau!«, stammelte er. »Das kriegst du wieder! Ich zeige dich an, Petersen! Deinen Job bist du los!« Er zeigte in die Runde: »Ihr seid alle meine Zeugen! Ihr habt alle gesehen, wie er mich grundlos geschlagen hat!« Er kramte ein Taschentuch aus seiner Tasche und tupfte sich das Blut von der Nase. »Du bist fällig, Petersen!«, sagte er und streckte dem Angesprochenen seinen Zeigefinger entgegen. Dann drehte er sich um und ging.

In der Kneipe herrschte für einen Augenblick völlige Ruhe. »Was war das denn eben?« Jacobsen fand als Erster seine Stimme wieder und sah Uwe groß an.

»Scheiße, mir sind die Nerven durchgegangen!«, antwortete der leise.

»Du kannst ihm doch nicht einfach so ein paar vors Maul hauen, Mensch!«

»Ja, jaa, jaaa, schon gut, weiß ich!« Die anderen Gäste murmelten verständnislos über das eben Geschehene. »Da geht es doch um mehr! Uwe! Was ist los zwischen euch? Rede endlich!«

»Ach, lass mich in Ruhe!« Petersen stand auf und legte Geld auf den Tresen. Wortlos verließ er den »Hafen«.

Heiner Jacobsen kratzte sich am Kopf. Das muss mit Ulrike zu tun haben, dachte er. Das geht hier nicht gut.

Uwe Petersen ging durch die Nacht. Die Kühle tat ihm gut. Er dachte an das Geschehen in der Kneipe. Mein

Gott, wie weit ist es gekommen! Sicher, Brand hat es verdient. Er hat mich provoziert und dafür hat er sich eine eingefangen, aber trotzdem, so weit hätte es nicht kommen dürfen. Und dann noch vor tausend Zeugen! Dass er mit einer Anzeige rechnen musste, war ihm klar.

Ziellos ging er am Deich entlang und plötzlich stand er vor Ulrikes Anwesen. Im und um das Haus herrschte absolute Dunkelheit. Sie war nicht Mitglied in der Schützenzunft und deshalb auch nicht auf der Versammlung.

Uwe stand am Zaun und sah auf den Hof. Das Laub rauschte in den Bäumen und nach einiger Zeit sah er schemenhaft das Haus. Er atmete tief durch. Die Ruhe und die Kühle taten ihm gut. Sie machten den Kopf frei. Okay, dachte er, zuerst muss ich die Sache mit Klaus aus der Welt schaffen. Vielleicht kann ich mit ihm reden! Gleich morgen fahre ich zu ihm in die Firma! Und dann muss ich mit Rike sprechen. So kann es nicht weitergehen! Mit Sabine muss ich auch reden. Das wird das Schwierigste. Aber es muss endlich Klarheit herrschen

Mit einem Ruck löste er sich vom Zaun und ging zurück ins Dorf. Er wollte gerade in den Hauptweg einbiegen, als er einen wuchtigen Hieb auf den Kopf erhielt. Nur den Bruchteil einer Sekunde verspürte er Schmerz, dann knallte er ohnmächtig auf das Pflaster. Ein Mann trat aus der Dunkelheit und hielt einen Spatenstiel zum Kampf bereit, aber Uwe lag da wie tot. »Du Arschloch!«, zischte Klaus Brand und trat dem vor ihm Liegenden in die Seite. »Du schlägst mich nicht ungestraft! Nur dass ich nicht so blöd bin und mich in der Öffentlichkeit räche, Petersen.« Er spuckte auf den Ohnmächtigen, versteckte den Stiel unter seiner Jacke und verschwand ungesehen. Er war zufrieden mit sich, dass er seine Ehre wiederhergestellt hatte.

Etwas später wachte Uwe auf. Der Schmerz in seinem Kopf ließ ihn regungslos liegen bleiben. Er nahm wahr, dass er auf dem Boden lag, versuchte sich daran zu erinnern, was passiert war und kam zu dem Ergebnis, dass er niedergeschlagen worden war. Mühsam richtete er sich auf. Jetzt bemerkte er auch die Schmerzen in seiner Seite. Jeder Atemzug fiel ihm schwer. Ihm war übel und kaum stand er gerade, musste er sich übergeben. Gehirnerschütterung, dachte er, ich habe eine Gehirnerschütterung und mit meinen Rippen ist auch etwas nicht in Ordnung.

Uwe wischte sich den Mund an seinem Ärmel ab und wankte nach Hause. Die Qual wurde mit jedem Schritt heftiger und dennoch überlegte er, wer ihn so zugerichtet haben konnte. Dabei erinnerte er sich sofort an den »Hafen« und wie er Klaus geschlagen hatte. Klaus, du Schwein, dachte er. Das warst du! Von hinten! Du wirst es abstreiten und ich werde es nicht beweisen können, aber ich weiß, dass du es warst! Er erreichte sein Haus. Mit letzter Kraft lehnte er sich gegen die Klingel. Selbst die Tür aufzuschließen war ihm unmöglich und er sank zusammen.

Sabine, seine Frau, wunderte sich, als es läutete. Sie sah zur Uhr. Mitternacht. Wer kann das sein?, fragte sie sich. Uwe hat einen Schlüssel. Sie stand auf und öffnete die Tür. Als sie ihren Mann vor dem Eingang kauern sah, dachte sie zuerst an Alkohol. Aber sofort verwarf sie diesen Gedanken wieder. Das war noch nie passiert. In all den Jahren hatte sich Uwe noch nie betrunken.

»Uwe! Was hast du?« Sie beugte sich zu ihm hinab. Petersen stöhnte, als er sich erheben wollte. »Mein Gott, was hast du? Rede doch!« Sabine war voller Unruhe. »Wie siehst du überhaupt aus?« Sie schnupperte und verzog das Gesicht. »Puh, du stinkst! Bist du gestürzt?«

Uwe schleppte sich ins Haus und ging ins Bad. Das Bild im Spiegel entsetzte ihn. Nichts war mehr vorhanden von dem korrekten Polizisten. Sein Gesicht war völlig verschmutzt, die Haare hingen ihm schweißnass auf der Stirn und seine Augen saßen in tiefen, dunklen Höhlen. Der Schmerz in seinem Kopf wurde unerträglich und auch das Schwindelgefühl nahm zu. Uwe klammerte sich an das Waschbecken. Die Welt drehte sich plötzlich und nur Sabines Sprung verhinderte den Sturz. Sie hatte ihn von der Tür aus beobachtet, voller Sorge und Mitleid.

Was ist geschehen?, fragte sie sich immer wieder. Aber sie wusste, dass er ihr nichts sagen würde. Seit einiger Zeit schon redete er nicht mehr mit ihr und wenn, besprachen sie nur noch das Nötigste.

Sie fing ihn auf und legte ihn auf den Boden. »Uwe! Uwe! Sag was!« Sie rüttelte ihn und nahm sein Gesicht in ihre Hände, aber der Ohnmächtige reagierte nicht. Sabine lief ins Wohnzimmer und rief bei Doktor Liedke an. Kurz schilderte sie die Situation und nur wenige Minuten später war der Arzt da. »Der muss sofort ins Krankenhaus!«, ordnete er an. Nach der Erstversorgung kam der Rettungsdienst und brachte den immer noch Regungslosen in die Städtische Klinik.

»Geht's dir gut?«, fragte der Arzt Sabine. Sie zitterte und nickte stumm. »Wenn du etwas zur Beruhigung brauchst, sag es nur.«

»Nein, danke, es geht schon.«

»Also, ich glaube, wir trinken auf den Schreck erst einmal einen Korn und nebenbei kannst du mir ja erzählen, was hier los ist, einverstanden?«

Sabine nickte wieder stumm und holte die Flasche. Sie stellte zwei Gläser auf den Tisch, an dem der Arzt bereits Platz genommen hatte, und schenkte ein. Der Arzt nahm sein Glas und kippte den Schnaps hinunter. Dann hielt er Sabine das Glas erneut entgegen. »Noch einen!« Sie schenkte nach. »Prost«, sagte er und trank. »Du auch!«, forderte er Sabine auf, als er sein Glas abgestellt hatte. Mit zitternder Hand griff sie ihr Glas und trank einen kleinen Schluck.

Der Arzt lehnte sich zurück. »So, Kindchen, nun erzähl mal!« Sabine sah Liedke an. Er war es, der sie damals, im strengen Winter, als der Schnee alle Straßen meterhoch bedeckt hatte, auf die Welt geholt hatte. Er hatte alle ihre Kinderkrankheiten behandelt und war auch auf ihrer Hochzeit Gast gewesen.

»Ich weiß doch auch nichts.« Sie erzählte, wie sie ihn aufgefunden hatte. »Und du hast auch keine Ahnung, wie und vor allem was passiert ist?« Sabine schüttelte den Kopf.

»Ich habe ein Hämatom an seinem Hinterkopf gefunden. Uwe wurde von hinten niedergeschlagen! Dem hat jemand eins übergebraten.«

»Niedergeschlagen?« Sabine sah auf. »Wieso niedergeschlagen? Er ist Polizist! Den kann man doch nicht so einfach niederschlagen!« Sie verstand nichts.

»Vielleicht wurde er ja nicht als Polizist umgehauen, sondern als Privatmann!«

»Wie meinst du das?«, fragte Sabine.

»Hör zu, Kindchen! Es gibt da so Gerüchte im Ort. Die betreffen nicht nur Uwe, sondern auch einige andere Kerle im Ort.« Er machte eine Pause.

Sabine sah den Arzt groß an. »Was für Gerüchte? Worum geht's?«

»Es geht um die alte Leier! Männer und Frauen! Oder wie man so schön sagt: Nachbars Äpfel sind die süßesten!«

»Heinz! Raus damit! Komm mir nicht mit Andeutungen!« Sabine war jetzt hellwach.

»Also gut! Seit Ulrike hier wohnt, schleichen die Kerle wie die Kater um sie herum. Dein Uwe auch. Vielleicht ist er dabei einem Konkurrenten in die Quere gekommen.«

Sie nickte mit dem Kopf. »Glaubst du wirklich, ich habe nicht mitgekriegt, welche Wirkung sie auf die Männer hier hat? Da kannst du im Dorf rumgehen und fragen; in allen Häusern gab es wegen ihr schon Krach! Auch bei uns. Aber das ist schon eine Weile her.«

Der Arzt und väterliche Freund beugte sich zu ihr: »Mal ehrlich, Kindchen, wie läuft es denn in eurer Ehe?«

»Super! Wir sind zufrieden«, antwortete Sabine schnippisch.

»Komm schon«, forderte Liedke sie auf, »da ist doch was zwischen euch! Ist da was mit ihm und Rike?«

»Hör auf damit, hörst du! Und wenn da was ist, geht das nur ihn und mich was an.« Sie stand auf und räumte die Gläser vom Tisch.

»Tja, dann werde ich mal wieder«, sagte der Arzt und erhob sich. Sabine begleitete ihn zur Tür und verabschiedete sich von ihm. »Danke für dein schnelles Kommen! Sei mir nicht böse«, sagte sie versöhnlich, »aber ich bin im Augenblick etwas nervös. Es nimmt mich alles etwas mit, weißt du.«

»Schon gut, Kindchen. Komm zu mir, wenn du mich brauchst!«

»Na, klar doch, tschüs.«

»Ja, tschüs.«

Sabine schloss die Tür hinter sich und lehnte sich dagegen. Ihre Augen füllten sich mit Tränen, die wie Bäche an ihren Wangen hinabliefen. Wie sagte Liedke noch: die alte Leier! Längst hatte sie die Veränderung bei Uwe bemerkt und sich über seine anfängliche Schwärmerei für die Hinzugezogene geärgert. Aber dann war es ruhiger geworden. Uwe erwähnte Ulrike nicht mehr, wurde allerdings verschlossen und zog sich immer mehr von ihr zurück. Wenn sie mit ihm sprechen wollte, reagierte er schroff und verließ dann oft das Haus. Sie hatte die Hoffnung, dass es mit der Zeit besser werden würde, aber im Augenblick sah es wohl nicht so aus.

Sabine ging in die Küche, holte die angebrochene Flasche zurück auf den Tisch und füllte ihr Glas. Sie schüttelte sich, als sie trank und legte ihren Kopf auf ihre Arme auf der Tischplatte. Ins Bett gehen und schlafen konnte sie jetzt sowieso nicht. Es muss sich was ändern!, dachte sie. Es muss etwas passieren!

Uwe Petersen war aus seiner Ohnmacht erwacht und lag nun zur Beobachtung auf einer Station. Der behandelnde Arzt hatte ihm bei einem Gespräch am Morgen die Diagnose mitgeteilt und auch seine Vermutung, wie die Verletzungen zustande gekommen waren. Dabei kam Uwe die Erinnerung an den Abend wieder zurück und damit auch der Hass auf den Angreifer. Die Schmerzen im Kopf und in den Rippen waren nicht das Schlimmste. Vielmehr waren seine verwundete Seele und die Kränkung seiner Ehre das, was ihn niederschmetterte. Sofort hatte er wieder an Brand gedacht. Sollte der Schweinehund ihn tatsächlich niedergeschlagen haben? Und überhaupt: War das nicht ein Mordversuch? Was ist, wenn Klaus Brand mich umbringen wollte?, fragte er sich. Das wäre ja ungeheuerlich! Okay, ich habe ihn in seiner Ehre gekränkt, ob er mich nun vorher provoziert hat oder nicht. Aber so weit darf es niemals kommen! Mordversuch!

Die Tür ging auf und ein Mann in Uniform betrat das Einzelzimmer. »Moin, Uwe, was machst du denn für Sachen?«

Petersen richtete sich auf. »Moin, wie kommst du denn hierher?«

»Na, du bist gut! Deine Frau hat angerufen, dass du im Krankenhaus liegst und nicht zum Dienst gehst.«

»Ja, klar, natürlich.« Uwe legte sich zurück.

Weide, sein Chef, zog einen Stuhl heran und setzte sich. »Ich habe schon mit dem Oberarzt gesprochen«, sagte er. »Er sagte mir was von Gehirnerschütterung und Rippenprellung, stimmt das? Was ist denn los?«

»Hat er noch etwas gesagt«, fragte Uwe lauernd.

»Nee, nur dass du einige Tage hier bleiben musst!«

Uwe war etwas beruhigt. »Scheiß gestern, ausgerutscht und Pech gehabt, aber alles nicht so schlimm.«

»Du willst mir doch nicht im Ernst erzählen, dass du nur blöd gefallen bist?«

»Doch! Ich habe vorher im ›Hafen‹ ein paar Korn gekippt! Ganz privat, ich hatte frei! Na ja, und dann bin ich gestürzt! Ich bin ja noch alleine nach Hause gegangen!«

»Ein paar Korn gekippt? Petersen, ich kenne dich jetzt schon einige Jahre. Wann hast du jemals ›ein paar Korn‹ gekippt?«

»Ganz selten, ich weiß, aber deswegen ist es doch passiert! Ich bin eben nicht im Training.« Er grinste seinen Chef an.

Weide sah ihm in die Augen und seufzte. »Tolle Story. Willst du eine Anzeige machen? Dann können wir ermitteln!«

»Um Gottes willen, gegen wen willst du denn ermitteln? Da gibt es nichts zu untersuchen! Ich sag doch: Ich bin nur gestürzt.«

Weide erhob sich. »Okay, werde du erst mal gesund und dann sprechen wir uns richtig aus.« Die Männer gaben sich die Hand und verabschiedeten sich.

Draußen auf dem Gang traf Weide den Oberarzt. »Schön, dass ich sie noch mal treffe, Doktor. Sagen Sie bitte, die Verletzungen des Herrn Petersen, woher könnten die sein?« Der Arzt schaute auf die Uniform. »Fragen Sie das dienstlich?«

»Nein, ganz privat.«

»Also, die Rippenprellung und die Kopfverletzung können durchaus von einem Sturz her stammen. Ich habe ihn auch diesbezüglich gefragt. Da müssen wir wohl seinen Angaben glauben.«

»Und ihre ganz private Meinung?«, fragte Weide nach.

»Die steht hier wirklich nicht zur Debatte. An Spekulationen werde ich mich nicht beteiligen.«

Der Polizist nickte. »Alles klar, Doc, danke trotzdem.« Er beschloss, mal in den Ort zu fahren, in dem Uwe seinen Dienst versah. Vielleicht erfahre ich etwas, dachte er.

Uwe Petersen lag in seinem Bett und dachte nach. Auf gar keinen Fall durfte die Geschichte so, wie sie sich wirklich zugetragen hatte, an die Öffentlichkeit gelangen! Erstens wollte er sich nicht zum Gespött machen, und zweitens wusste er selbst ja nicht genau, ob Klaus Brand der Angreifer war. Das lag zwar nahe, doch wenn es tatsächlich zutraf, dann war es immer noch eine Sache zwischen ihnen beiden. Klaus hatte sich rächen wollen und hatte bestimmt nicht die Absicht, ihn zu töten. So weit würde er niemals gehen! Jedenfalls musste das aus der Welt geschafft werden, ohne die Vorgesetzten und ohne Öffentlichkeit.

Er dachte an Ulrike. Wenn er mit ihr offiziell zusammen war, mussten Brand, Sabine und das ganze Dorf es akzeptieren. Es ging gar nicht anders. Der Weg bis dahin würde steinig sein, aber es gab keinen anderen. Er musste sich ihr nur öffnen. Er musste ihr seine Gefühle offenbaren und ihr sagen, dass er sie liebte.

Uwe erinnerte sich an ihre Gesten und Worte. Er fühlte förmlich ihre Hand auf seiner Schulter, als sie ihn neulich verabschiedete. Er hatte noch ihre warme Stimme im Ohr, wie sie ihn lobte, nachdem er den Zaun repariert hatte. Alles in allem, so dachte er, hat sie mir doch genug Zeichen gegeben. Worauf warte ich denn noch?

Er kramte in seinem Tischchen am Bett und suchte sein Handy. Das Verbot, ein Funktelefon zu benutzen, ignorierte er und tippte den Text für eine SMS: »Liebe Ulrike. Wenn ich an dich denke, klopft mein Herz und ich bin glücklich. Ich will mit dir leben und kämpfe dafür. Du wirst dich fragen, wer ich bin, aber bei genauem Nachdenken wirst du auf mich kommen. Ich liebe dich!!!! Dein … ?« Er schickte die Nachricht ab. Seine Nummererkennung hatte er vorher herausgenommen, so dass er sich weiterhin seiner Anonymität sicher sein konnte.

Ulrike las den Text und schüttelte den Kopf. Das ist ein vollkommener Idiot, dachte sie. »Ich will mit dir leben und kämpfe dafür«, äffte sie ihn nach. »Ich liebe dich.« Sie hatte keine Lust, darüber nachzudenken, wer der Absender wohl sein konnte, ärgerte sich aber trotzdem. Das ist ja schon mehr als ein kleiner Flirt, dachte sie. Das ist ja schon ein massiver Eingriff in mein Leben. Wenn das nicht aufhört, mache ich eine Anzeige gegen Unbekannt. Der Typ wird sich eines Tages zu erkennen geben und dann kann er zur Rechenschaft gezogen werden. Wer weiß, was der noch so alles draufhat. Man hat ja schon allerhand gehört und gelesen von solchen Menschen. Stalker! Genau so nennt man die Typen, die sich an einen heranpirschen, einem nachstellen und einen belästigen. Da muss man sich wehren! Sie speicherte die Nachricht ab. Sicher ist sicher, dachte sie dabei.

Sie sah zur Uhr. Halb elf. In einer halben Stunde musste der Architekt kommen, mit dem sie sich verabredet hatte. Sie freute sich auf sein Kommen und war neugierig, wie sich ihr zweites Treffen entwickeln würde. Nach ihrem Besuch in seinem Büro vor ein paar Tagen hatte sie ernsthaft überlegt, ob sie ihm mal auf den Zahn fühlen sollte. Vielleicht ist er ja noch zu haben, hatte sie interessiert gedacht.

Pünktlich um elf Uhr klingelte es an der Tür. Nils Witte stand davor und sein Herz schlug wild. Ulrike öffnete und bat ihn hinein. »Guten Morgen, immer herein mit Ihnen«, sagte sie fröhlich. Nils trat ein und gab ihr die Hand. Wie damals, bei ihrem ersten Termin, hielten sie ihre Hände länger fest, als es für eine normale Begrüßung üblich war. Sie sahen sich an und wussten, dass aus ihnen ein Paar würde.

Es war Nachmittag, als sie sich aus ihren Umarmungen trennten. Ihre Körper strahlten Hitze aus und wohlige Schauer ließen die Spannung abklingen. Sie lagen auf dem Bett, hatten sich Zigaretten angezündet und sahen gedankenversunken den blauen Rauchschwaden nach. »Gott, war das schön«, sagte Ulrike und kuschelte sich an Nils.

»Ja«, antwortete er. »Es war wunderschön.« Er drehte den Kopf in ihre Richtung. »Ohne deinen Wintergarten hätten wir uns vielleicht nie kennen gelernt!«

Sie lachte. »Genau! Brauchst du 'nen Mann, hol dir einen Handwerker ran«, dichtete sie.

»Wie bitte?«

»Sorry, war ein Scherz!«, antwortete sie, »obwohl …« Sie dachte kurz nach. »Obwohl ich in letzter Zeit Pech mit Handwerkern und ähnlichen Hilfeleistenden hatte.«

»Wie das denn?«, fragte er nach.

»Ach, weißt du, einige Typen hier im Ort gehen mir seit einiger Zeit mächtig auf den Keks. Sie denken wohl, einer allein stehenden Frau müssten sie sich annehmen.

Und so baggern sie, was das Zeug hält. Aber nicht nur das! Ich habe zuerst Blumen bekommen, dann Pralinen, anonyme Anrufe und SMS-Nachrichten: ›Ich liebe dich!‹ Und das Schärfste ist – neulich hätten sich zwei von den Kerlen beinahe auf meinem Grundstück geprügelt!«

»Das gibt es doch nicht! Echt?« Nils richtete sich auf. »Hast du eine Ahnung, wer das sein könnte, ich meine, der mit den Pralinen und so?«

»Nicht wirklich! Ich will auch keinen zu Unrecht beschuldigen, aber nervig ist das schon.« Sie sah ihn schelmisch an: »Ich muss mich jetzt wohl öfter mal mit dir sehen lassen, vielleicht hilft mir dies ja und ich werde endlich in Ruhe gelassen!«

»Gute Idee, das kommt mir entgegen! Aber im Ernst: Ich möchte viel Zeit mit dir verbringen.« Er sah sie an. »Ulrike, ich glaube, ich habe mich in dich verliebt.«

Sie zog seinen Kopf auf ihre Brust und ließ sich zurück aufs Bett fallen.

Klaus Brand hatte ein schlechtes Gewissen. Das war für ihn recht selten und deshalb quälte es ihn. In seiner Geschäftswelt wäre dieses schlechte Gewissen eigentlich des Öfteren angebracht gewesen, denn er beschiss die Steuer und die Krankenkasse, seine Kunden und seine Lieferanten. Kurzum: Er boxte sich durch, ohne Skrupel.

Aber jetzt plagten ihn große Sorgen. Er hatte sich mit der Staatsmacht angelegt, indem er Uwe Petersen niedergeschlagen hatte. Der war trotz allem immer noch Polizist und lag nun im Krankenhaus. Das wird eine Untersuchung geben, sagte er sich. Und wer weiß schon, was sonst noch dabei alles herauskommt. Das war sein größtes Problem. Er musste so schnell wie möglich mit Uwe reden. Am besten noch heute, dachte er sich und fuhr ins Krankenhaus. Er ließ sich die Station von Uwe zeigen, klopfte zaghaft an und betrat das Zimmer.

Uwe hatte das leise Klopfen nicht gehört und sah erstaunt auf den plötzlich Eintretenden. »Was willst du denn hier!« Er setzte sich aufrecht hin.

Brand trat auf das Bett zu. »Ich will mich entschuldigen!«, sagte er mit heiserer Stimme und räusperte sich. »Uwe, ich bin Manns genug zuzugeben, dass ich dich niedergeschlagen habe. Entschuldige bitte!« Er hielt Uwe eine in Papier eingewickelte Flasche hin. Blumen erschienen ihm nicht angebracht, so unter Männern.

Uwe Petersen war verdutzt über die Ehrlichkeit von Brand und der Groll war verschwunden. »Setz dich, Klaus. Es ist gut, dass du gekommen bist. Ich wollte auch mit dir reden. Ich wusste, dass du das gewesen bist. Jedenfalls habe ich mir das gedacht. Ich hatte dich ja auch geschlagen, in aller Öffentlichkeit. Auch ich will mich bei dir entschuldigen. Sorry. Echt Scheiße, was da gelaufen ist.« Er reichte Brand seine Hand und Klaus ergriff sie. »Vergessen?«, fragte er.

»Vergessen!«, antwortete der. Beide grinsten und sahen gleichzeitig auf das Päckchen. Klaus riss das Papier runter und eine Flasche Korn kam zum Vorschein. »Zahnputzbecher?«, fragte er.

»Nö, direkt!«, antwortete Uwe.

Brand zog einen Stuhl an das Bett und setzte sich. Er reichte die Flasche hinüber und Uwe setzte sie an seine Lippen. Während er trank, sah er Klaus an und zwinkerte ihm zu. Dann setzte er ab und gab sie zurück. Brand nickte ihm zu und trank aus der Flasche, ohne vorher die Öffnung abzuwischen. Das sollte ein Vertrauensbeweis sein und kam bei Uwe auch so an.

»Ah, das tut gut«, sagte er, nachdem er wieder abgesetzt hatte. »Willst du drüber reden?« Er sah Uwe an.

»Da gibt es nichts zu reden, Klaus. Schwamm drüber! Komm…« Uwe streckte seinen Arm aus und griff nach der Flasche. Klaus reichte sie ihm und grinste. »Bist ein feiner Kerl, Uwe. Hab ich immer gewusst! Prost.«

Als Klaus Brand gegangen war, versteckte Uwe die nur noch halb volle Flasche im Schrank und legte sich wieder ins Bett. Trotz des Pochens in seinem Kopf war er beschwingt und fühlte sich in Topform. Er war froh, dass die Sache aus der Welt geschafft war, ohne viel Aufhebens. Sie hatten es wie Männer geklärt: ein paar an die Fresse und dann hoch die Tassen! So musste das laufen!

Sie hatten sich noch über dies und das unterhalten und sich versichert, ab sofort füreinander da zu sein. Eine Art Bruderschaft sozusagen. Brand hatte ihm Vorzugspreise zugesagt und er hatte versprochen, nicht immer so genau hinzusehen … Man musste doch zusammenhalten in solchen Zeiten!

Jetzt lag er also im Bett und dachte an Ulrike. Der Weg war frei. Klaus würde ihm nicht in die Quere kommen. Er kramte aus seinem Tischchen sein Handy und wollte eine Nachricht senden, überlegte es sich aber anders. Uwe wählte ihre Nummer und rief sie direkt an.

Ulrike hatte sich gerade von Nils verabschiedet und sah seinem davonfahrenden Auto hinterher, als sie das Klingeln ihres Handys hörte. Sie lief ins Haus und horchte, wo das Telefon liegen könnte. Der Anrufer war geduldig und so fand sie es in der Küche unter einer Zeitung. »Ja, hallo! Ulrike Manthei …«

Uwe Petersen hatte ein Taschentuch über sein Handy gelegt und sprach so mit veränderter Stimme: »Hallo, Ulrike. Schön, dich zu hören. Wie geht es dir?«

»Wer ist denn da?«, fragte Ulrike.

»Der Mann, der dich liebt! Der Mann, der mit dir leben will und sich von niemandem aufhalten lässt. Der Mann …«

Sie unterbrach ihn schroff. »Du Vollidiot! Bist wohl zu feige, deinen Namen zu nennen, oder? Sag schon, wer bist du?«

»Ach, Liebling, das hat noch Zeit, glaube mir! Ich will dich ja auch nur vorbereiten … dass du dich auf mich freust.«

»Bist du besoffen? Was redest du für einen Scheiß? Lass mich endlich in Ruhe, verdammt noch mal! Ich werde dich anzeigen, wenn das nicht aufhört! Es ist technisch kein Problem, deine Nummer herauszubekommen! Blödmann!« Verärgert legte Ulrike auf und schaltete das Gerät ganz ab.

Uwe lag in seinem Bett und sah auf sein Telefon. Sie hat Recht, sagte er sich. Ich benehme mich wirklich wie ein Vollidiot. Sie hat sogar gemerkt, dass ich besoffen bin. Wenn ich hier raus bin, gehe ich zu ihr! Sofort!

Eine Woche später stand Uwe vor Ulrikes Tür. Er hatte seine Uniform angezogen und sich seit Stunden den Text vorgebetet, mit dem er sich ihr offenbaren wollte.

Er sah ihr Auto und wusste, dass sie zu Hause war. Uwe klingelte und riss sich im letzten Moment seine Mütze vom Kopf. Ulrike öffnete die Tür. Sie hatte vom Fenster aus den Besucher gesehen.

»Guten Morgen, Uwe. Komm rein.« Sie ging zur Seite und ließ den Gast eintreten. »Geh durch in die Küche«, forderte sie Uwe auf. »Kaffee?«

»Ja, gerne. Kaffee nehm ich.« Uwe setzte sich. »Na, Ulrike? Wie geht's? Alles okay bei dir?«

»Danke, bei mir ist alles in Ordnung, und selbst?«

»Alles klar! Was macht der Zaun? Ist er noch dicht, oder waren wieder Rehe im Garten?«

»Nö, der Zaun hält. Aber sag mal, ich hab da ein Anliegen! Bist du im Dienst?«

»Ich bin immer im Dienst! Was gibt's denn?«

»Also«, Ulrike machte eine kurze Pause, »ich will das jetzt inoffiziell sagen, so mehr zu dir als Bekannten und nicht als Polizist. Dies ist keine Anzeige, okay?«

»Du machst mich neugierig, schieß los!«, forderte er sie auf.

»Es ist so: Ich werde seit einiger Zeit massiv belästigt. Es fing mit Blumen an meiner Tür an, dann folgten Pralinen. Alles begleitet von Anrufen, selbstverständlich anonym, und diversen SMS. Neulich sprach er sogar mit mir. Die große Liebe und so. Na ja, jedenfalls geht mir das gehörig auf den Nerv.«

»Hast du denn einen Verdacht, wer das sein könnte? Ich meine, wenn du schon mal mit ihm gesprochen hast?«, fragte er sie.

»Echt, ich habe keinen blassen Schimmer! Ich will ja auch nur, dass du schon mal davon gehört hast. Falls da noch mehr kommt, mach ich eine Anzeige gegen Unbekannt und lass die Nummer rausfinden.«

Uwe hatte genau zugehört. Was Ulrike da sagte, war ihm bekannt. Er startete einen Versuch. »Und wenn es wirklich jemand ist, der es ehrlich mit dir meint? Stell dir doch mal vor, ein Mann hat sich in dich verliebt und war einfach zu feige, es dir zu sagen. So hat er eben diesen Weg gewählt, um auf sich aufmerksam zu machen. Vielleicht war ich es ja sogar?« Lauernd sah er sie an.

Ulrikes Augen wurden immer größer und sie schlug beide Hände vor den Mund, aus dem es nur so herausprustete. Sie konnte ihr Lachen gar nicht mehr kontrollieren. »Du? Entschuldige bitte, aber ich lach mich echt tot!« Sie gluckste erneut. »Sorry, aber die Vorstellung allein amüsiert mich. Du bist ein echter Mann und nicht so ein Waschlappen wie dieser Typ. Aber mal im Ernst: Wir leben im einundzwanzigsten Jahrhundert. Da geht man doch aufeinander zu, wenn man Interesse aneinander hat, oder? Aber diese Kinderkacke da? So macht er sich doch nur lächerlich.«

Uwe zuckte bei jedem Satz von ihr unmerklich zusammen. Was er da hörte, traf ihn. Sie machte sich über ihn lustig, ohne es zu wissen. Sein Vorhaben, sich ihr zu erklären, war auf einmal null und nichtig. Er begriff, dass er sich jetzt auf gar keinen Fall outen konnte und Verzweiflung kam in ihm hoch.

»Außerdem«, fuhr Ulrike fort, »habe ich mich bereits verliebt, und das bis über beide Ohren. Ich werde mit meinem Schatz im Ort und in der Stadt flanieren gehen, bis der Kerl das mitkriegt und mich dann in Ruhe lässt.«

Die Schläge, die Uwe von Klaus Brand bekommen hatte, konnten nicht härter sein als die Schläge, die er jetzt in Form von Worten von Ulrike bekam. In ihm brach eine Welt zusammen. Alle Hoffnungen auf ein schönes Leben mit ihr waren dahin. Mit jedem ihrer Worte stach sie in sein Herz. Sie nahmen ihn in Besitz wie ein Virusbefall und begannen ihn zu zersetzen. Er hatte verloren, bevor es begann. Alle seine Wünsche und Träume waren zerplatzt, in diesen zehn Minuten. Uwe Petersen brach zusammen.

Ulrike bemerkte nichts von seiner Veränderung. Zu sehr war sie mit dem Stalker beschäftigt, dem Mann, der ihr Leben torpedierte.

Uwe stand auf. »Alles klar, ich weiß jetzt Bescheid. Solltest du noch etwas bemerken, kannst du es ja immer noch melden. Jetzt muss ich los. Tschüs.« Er ging ohne ein weiteres Wort aus dem Haus.

Ulrike sah ihm baff hinterher. Sie hörte die Tür ins Schloss fallen. »Tschüs«, sagte sie tonlos und irritiert und wusste nicht, was so plötzlich in ihn gefahren war.

Die Maschine aus Houston landete pünktlich. John Winter und seine Frau Elsa waren aufgeregt. Zum ersten Mal waren sie geflogen, nonstop von Amerika nach Deutschland. Schon lange zuvor hatte Winter seiner Frau versprochen, einmal mit ihr ihre alte Heimat in Old Germany zu besuchen. Elsa war damals nach dem Krieg und nach dem Tod ihrer Eltern per Schiff nach Amerika ausgewandert und ihr größter Wunsch war es immer gewesen, noch einmal durch Hamburg zu gehen. Jetzt, nach der Pensionierung als ehemaliger Inspektor der Polizei, wollte John seiner Frau diesen Wunsch erfüllen und so landeten sie gerade in Frankfurt. Nur noch gute drei Stunden mit dem ICE und sie würden Hamburg erreichen.

»Wir gucken nicht aufs Geld«, hatte Winter ihr versprochen und so hatten sie sich in einem höchst komfortablen Hotel mitten in der Stadt eingemietet. Elsa war glücklich und voller Erwartungen. Sie hatte immer jede Information über Deutschland förmlich aufgesogen. Jeden Beitrag, ob in der Zeitung oder im Fernsehen, verfolgte sie mit Interesse. Und wenn es dann auch noch um Hamburg ging, löste es immer große Emotionen bei ihr aus. So war sie informiert über das quirlige, moderne Leben in der Hafenstadt. Eine ganze Woche wollten sie bleiben und alle Sehenswürdigkeiten besuchen. Elsa war sich sicher, immer noch ein guter Stadtführer zu sein und ihrem Mann die Stadt zeigen zu können.

Die Abwechslung kam John Winter entgegen. Gerade seinen letzten Fall vor der Pensionierung hatte er nicht lösen können. Dabei war es um die Jagd auf einen Kannibalen gegangen. Täter und Opfer hatten sich im Internet kennen gelernt und sich verabredet. Während man mehrere Leichen auf dem Grundstück des Mörders gefunden hatte, war es dem Täter selbst gelungen zu fliehen, Winter hatte ihn nicht stellen können.

Der Schock für ihn und seine Frau war groß gewesen, als sich herausgestellt hatte, dass der gesuchte Verbrecher ein entfernter Neffe war, den man nach vielen Jahren wieder ausfindig gemacht und zu dem man gerade eine Beziehung aufgebaut hatte. Da war für das Ehepaar eine Welt zusammengebrochen. Sie hatten ihren Neffen Jack wie einen Sohn aufgenommen, sie, die kinderlos waren.

Schlimmer geworden war die Sache für Winter noch durch das damalige Verschwinden seines jungen Kollegen, Sergeant Willy Stone, während der Ermittlung. Seinen Wagen hatte man in der Nähe von Jacks Villa gefunden, Stone selbst aber war auf rätselhafte Weise wie vom Erdboden verschluckt geblieben.

Das alles war vor gut einem halben Jahr passiert. Man hatte Winter keinen Vorwurf gemacht, aber dennoch hatte es für ihn eine persönliche Niederlage bedeutet. Umso mehr freute er sich auf die Reise und nahm sich vor, diese für seine Frau unvergesslich werden zu lassen.

Petersen knallte die Tür seines Hauses zu. Die anfängliche Enttäuschung über das Scheitern seines Planes, sich Ulrike zu offenbaren und sie endlich für sich zu gewinnen, hatte in Wut umgeschlagen. Was bildet sich diese Ziege eigentlich ein, dachte er. Kommt hierher und verdreht den Männern den Kopf. Wer weiß, mit wem sie schon alles im Bett war. Die eine oder andere aufgeschnappte Äußerung fiel ihm wieder ein. Und ich wäre beinahe auch auf sie hereingefallen! Uwe, der Absprung war gerade noch rechtzeitig, sagte er sich. Und doch war er wütend auf sie und ihren noch unbekannten Lover. Warte, Ulrike, dich mach ich fertig! Du kannst wegziehen von hier. Wir wollen dich nicht.

Sabine sah ihren in die Stube kommenden Mann erstaunt an. »Ist was? Warum schlägst du die Tür so zu?«

Uwe zog seine Uniformjacke aus und warf sie achtlos auf die Couch. »Was soll schon sein? Unruhe gibt's im Dorf!«

»Wieso, was ist passiert?«

»Die Neue macht Ärger.«

»Wer?«

»Wer wohl? Die Manthei.«

»Ulrike?« Uwe stöhnte auf. »Ja, Ulrike.«

»Wieso gibt's Ärger? Hat sie was gemacht?«

»Sie bringt alles durcheinander hier. Kann ihre Berliner Allüren nicht lassen.«

»Auf einmal sind es Allüren? Ihr findet sie doch alle toll! Ulrike hier, Ulrike da. Der Traum aller Männer!«

»Genau, der Traum aller Männer – der zum Albtraum wird!«

»Versteh ich nicht.«

»Bist du blöd, oder was? Was gibt's denn da nicht zu verstehen? Sie treibts mit allen hier, das ist es!«

»Mit allen? Also auch mit dir?«

Uwe sah seine Frau an, als ob sie gerade aus einem UFO steigen würde. »Mein Gott, was bist du doof! Mit mir natürlich nicht! Da pass ich schon auf. Aber auch sonst so: Ständig mischt sie sich irgendwo ein, ständig will sie eine Extrawurst gebraten haben. Das reicht jetzt! Ab sofort wird sich da einiges ändern! Ich werde ein wachsames Auge auf sie haben. Wenn ihr das hier nicht passt, kann sie ja wieder zurückgehen, nach Berlin. Von mir aus gerne.«

Er hatte sich in Rage geredet, aber Sabine glaubte ihm kein Wort. Sie war eine Frau und ahnte, woher der Wind wehte und der Sinneswandel ihres Mannes kam. Abgeblitzt wird er bei ihr sein, dachte sie. Hat sich an sie herangemacht und ist kläglich gescheitert. Seine Ehre ist verletzt und nun lässt er den Ordnungshüter heraushängen! Uwe, ich habe dich durchschaut. Sie erinnerte sich an das nächtliche Gespräch mit dem alten Arzt. Ob Uwes Krankenhausaufenthalt tatsächlich mit Ulrike zusammenhing?, fragte sie sich. Sollte Liedke Recht gehabt haben? War Uwe wirklich von einem liebestollen Konkurrenten niedergeschlagen worden? Das wäre dann allerdings Wahnsinn und ginge längst über ein Eifersuchtsgeplänkel hinaus. Dass er sie, Sabine, dabei auch noch persönlich beleidigte, schmerzte sie. Aber die neue Situation um Ulrike machte ihr Hoffnung, ihre Ehe zu retten und wieder neu zu beleben. Das hat sich wohl von selbst erledigt, dachte sie froh.

Aber damit lag sie falsch.

Uwe war währenddessen unter der Dusche verschwunden. Er hatte kurz entschlossen seine Reisetasche gepackt und schrubbte nun seinen Körper. Er wollte sich reinigen von der Liebe zu Ulrike. Es sollte ein abschließendes Ritual sein. »Schluss! Aus! Ende! Vorbei!«, sagte er sich. Er hatte nach seinem Weggang von ihr bei seinem Chef angerufen und kurzfristig um Urlaub gebeten. Weide hatte dem zugestimmt, handelte es sich doch nur um ein verlängertes Wochenende.

»Hast du was Besonderes vor?«, fragte er noch. »Familienangelegenheit«, hatte Uwe knapp geantwortet und Weide hatte sich damit zufrieden gegeben. Was ging's ihn an!

Nun zog Uwe sich, von seiner Frau unbemerkt, an. Er wählte Jeans und Polo-Shirt und schlüpfte in seine braunen Mokassins. Dann nebelte er sich mit einem herben Parfum ein und betrat mit der Tasche in der Hand das Wohnzimmer.

Sabine sah auf. Sie hatte sich vorgenommen, heute

sein Lieblingsessen zu kochen und ihm ein Bier hinzustellen und war nun erstaunt, dass er mit einer Reisetasche in der Tür stand. »Wo willst du denn hin?«, fragte sie irritiert.

»Ich muss mal kurz weg«, antwortete er. »Bin Montag wieder da!« Er drehte sich um, nahm sein Schlüsselbund von der Kommode und verließ das Haus. Sabine sah ihm hinterher und konnte nicht reagieren. Fassungslos saß sie im Sessel. Die Zeitschrift war ihr aus der Hand gefallen.

Uwe Petersen fuhr mit seinem Auto nach Hamburg. Er hatte sich überlegt, wohin er fahren sollte und da fiel ihm eben Hamburg ein. Er war Inhaber einer VIP-Karte, die ihn berechtigte, eine Übernachtung in einem guten Mittelklassehotel zu einem Vorzugspreis zu erhalten. Eine Werbeaktion der Hotelkette. Er hatte vor, sich in einem Zimmer einzuschließen und sich dann seinen Kummer von der Leber zu saufen. Er wusste, dass er nicht viel vertragen konnte und wollte es deshalb unbeobachtet in der anonymen Großstadt tun.

Uwe hatte sich vorher im Hotel angemeldet und nachdem seine Daten geprüft worden waren, erhielt er die Karte für den elektronischen Türöffner. Man wünschte ihm einen angenehmen Aufenthalt und wies ihm den Weg zum Fahrstuhl.

Er betrat sein Zimmer, ein Zimmer, wie es in nahezu jedem Hotel zu finden war. Nachdem er seine Tasche aufs Bett geschmissen hatte, öffnete er die Bar. Einmal geht das schon, dachte er sich und entnahm ihr drei der kleinen Fläschchen Schnaps, die völlig überteuert dort lagerten und nichts bewirkten. Er öffnete sie und trank eine nach der anderen aus. Dann schaltete er den Fernseher an und zappte durch alle Programme. Gelangweilt wandte er sich schließlich ab und verließ das Zimmer, um sich in einem Supermarkt in der Nähe mit alkoholischen Getränken für die nächsten zwei Tage einzudecken. Die drei leeren Fläschchen hatte er sich in seine Jacke gesteckt, um sie ebenfalls nachzukaufen und in der Bar zu ersetzen.

Uwe kaufte zwei große Flaschen Korn, ein Six-Pack Bier, fünf Brötchen, zwei Familienpackungen Wiener Würstchen und ließ sich eine Plastiktüte an der Kasse geben. Die kleinen Hotelfläschchen waren nicht im Sortiment der Kaufhalle und so warf er sie in einen Papierkorb.

Die Stadt übte auf ihn keinen Reiz aus und so begab er sich wieder direkt in sein Hotel und fuhr hoch zu seinem Zimmer. Der Fahrstuhl hielt zwischendurch und die Tür öffnete sich. Ein Mann trat ein und fragte: »Hoch oder runter?«

»Hoch«, antwortete Uwe.

»Na, dann eben erst hoch. Wie im Leben. Erst hoch und dann runter. Steil runter«, sagte der Fremde.

»Sie meinen?«

»Wie im richtigen Leben eben. Mal geht's hoch hinaus und dann geht's bergab, so meine ich das.«

Uwe hatte den Mann gemustert. Der war etwa Mitte dreißig, sehr gepflegt, elegant. Seine sanften Gesichtszüge konnten nicht darüber hinwegtäuschen, dass es sich um einen echten Kerl handelte. Der unübersehbar schlanke, aber kräftige Körper steckte in einem Anzug aus feinstem Stoff. Uwe grinste, als er die Alkoholfahne des Mannes roch. Sie passte so gar nicht zu dessen Erscheinung. Und dann noch am frühen Nachmittag.

»Da kenn ich was von, ich meine, vom hoch und runter«, antwortete er. Der Fremde sah auf die Reklametasche des Supermarktes, in der sich die Flaschen abzeichneten und deutete mit seiner Hand darauf. »Frische Munition?« Uwe fühlte sich ertappt. »Die Bar ist leer, was soll's!«

Der Fahrstuhl hielt und die Tür öffnete sich. Der Mann trat einen Schritt zurück und blockierte die offene Tür. »Probleme?«

Warum Uwe dem Wildfremden antwortete, wusste er nicht. Er war ihm eben in den wenigen Sekunden sympathisch geworden. »Weiber«, sagte er nur.

Der Fremde lächelte und zeigte ein tadellos weißes Gebiss. Er streckte Uwe seine Hand entgegen. »Ich heiße Damiano Toreno. Sie sind allein hier?«

»Uwe Petersen, ja, ich bin allein hier, warum?«

»Darf ich Sie auf einen Drink in die Lobbybar einladen, Herr Petersen? Ich bin gerade auf dem Weg dorthin.« Uwe hatte noch nie in seinem Leben einen Drink in einer Hotelbar genommen und war von der weltmännischen Selbstsicherheit des Toreno beeindruckt. »Gerne, ich bringe nur schnell den Beutel aufs Zimmer.«

»Okay, ich fahre dann schon mal runter. Bis gleich.« Er verschwand im Fahrstuhl und Uwe suchte nach seinem Zimmer. Er war beschwingt und regelrecht aufgekratzt. Der Inhalt des Kühlschrankes musste den mitgebrachten Flaschen weichen und nachdem Uwe sich erneut mit seinem Parfum eingesprayt hatte, verließ er das Zimmer wieder und fuhr hinunter in die Lobby.

Damiano Toreno hatte sich so an die Bar gesetzt, dass

er die Aufzüge im Blick hatte. Als Uwe ausstieg, erhob er sich von seinem Platz und kam ihm sogar zwei Schritte entgegen. »Schön, dass Sie da sind, Herr Petersen!« Sie nahmen auf den Hockern Platz. »Was trinken Sie?«

Uwe, der nicht wusste, was man zu dieser Zeit in einer Bar trank, antwortete: »Bier?«

Toreno wandte sich an den Keeper. »Ein Bier bitte und einen Cognac, Henri!«

»Gerne, Herr Toreno«, antwortete dieser.

»He, man kennt sich?«, fragte Uwe etwas plump.

»Ich bin des Öfteren hier in diesem Hotel und der Barkeeper sollte immer ein Freund sein, nicht war, Henri?«

»Selbstverständlich, Herr Toreno.« Er stellte die Getränke auf die Stoffservietten. »Wohl bekomm's, die Herren.«

Sie nahmen ihre Gläser und sahen sich an. »Auf die Lösung der Probleme«, sagte wieder lächelnd der Mann mit dem fremdartigen Namen.

»Genau, auf die Lösung der Probleme«, plapperte Uwe brav nach. Sie tranken.

»Darf ich Sie danach fragen?«, fing Toreno erneut an. Uwe wischte sich den Schaum von den Lippen. Was hatte er zu verlieren, fragte er sich. Diesen Mann sehe ich wahrscheinlich nie wieder. Und so erzählte er seine Geschichte von der verschmähten Liebe. Er ließ nichts aus und fügte nichts hinzu. Damiano Toreno hörte aufmerksam zu, ohne Uwe auch nur ein einziges Mal zu unterbrechen. Dem wiederum tat es gut, sich einmal alles von der Seele reden zu können. Mit wem hätte er auch sonst sprechen sollen? Während er sprach, bestellte Toreno mit einem stillen Wink erneut Getränke.

Uwe war über sich selbst erstaunt, wie flüssig er über

das Erlebte sprechen konnte. Nachdem er geendet hatte, trank er in einem Zug sein Bier aus und stellte das Glas hart auf den Tresen. »Haben Sie auch Klaren, Herr Henri? Ich hätte jetzt gerne einen Klaren.«

»Selbstverständlich, der Herr«, antwortete der Keeper höflich und schenkte das gewünschte Getränk ein. »Wohl bekomm's.«

Uwe stürzte den Schnaps hinunter und schüttelte sich. »Bitte, noch einen.«

Toreno schob sein leeres Glas dem Barmann zu. »Ich nehme auch noch einen.« Er wandte sich Uwe zu. »Und deshalb willst du dich hier im Hotel betrinken?« Er war zum »du« übergegangen.

»Ja, es ist vorbei, ein für alle Mal! Ich spül die Scheiße jetzt runter und das war's dann.« Uwe sah Damiano an. »Aber sagen Sie mal, ich rede die ganze Zeit nur von mir. Vorhin, im Fahrstuhl, machten Sie so eine Andeutung, erinnern Sie sich? Von wegen ›ganz unten‹ und so. Haben Sie auch Stress mit Weibern, oder was ist es bei Ihnen?«

Toreno lachte laut. Zu laut, fast schon hysterisch. »Nein, mit Weibern nicht. Im Gegenteil, mit Kerlen!«

»Wie jetzt?«

Toreno hob abwehrend die Arme. »Nein, nein, nicht, was du denkst! Ich habe gerade viel Geld in den Sand gesetzt.«

»Aua, schlimm?«

»Richtig schlimm! Alles Geld, das ich besaß.«

»Das ist schlimm, wie ist das denn passiert?«, fragte Uwe.

»Wir haben gezockt, die ganze Nacht durch. Ich hatte gewonnen, richtiges Geld, verstehst du. Fünftausend, zehntausend, dreißigtausend! Ich hatte es drauf, war in Spitzenform. Aber irgendwann ist es umgekippt, und dann war die Kohle weg.«

Uwe staunte mit offenem Mund. »Die ganzen Dreißigtausend?«

»Peanuts«, antwortete Damiano. »Das sind doch nur Portobeträge. Aber meine Villa in München und, was noch viel schlimmer ist, mein Weingut auf Sizilien sind auch weg. Das war das Letzte, was ich noch hatte.«

»Echt? Und nun?«

»Nun trinken wir erst mal einen, was soll's!«

»Na, ich würd mich erschießen!«, sagte Uwe »Wie kann man nur so viel verlieren?«

»Ich bin ein Spieler, ein Zocker! Mein Leben lang habe ich mein Geld mit Spielchen finanziert. Aber wie sagt man: wie gewonnen, so zerronnen. Lass uns nicht mehr darüber reden, zum Wohl.«

»Ja, Prost.« Mit einer Mischung aus Bewunderung und Mitleid sah Uwe Toreno an. Die faszinierende Ausstrahlung des Fremden, die er schon im Lift gespürt hatte, ließ ihn nicht los. Ihm imponierte nicht der erwähnte Verlust, sondern die Möglichkeit, überhaupt so viel Geld mit Spielen gewinnen zu können.

Am anderen Ende der Bar nahmen zwei Männer Platz. Während der eine einen hellen, leichten Sommeranzug trug, hatte der andere Designerjeans und ein Shirt an. Sie bestellten Cola und sahen sich um. Dabei bemerkten sie natürlich auch Uwe und Damiano und ihren schon beträchtlich alkoholisierten Zustand. Sie flüsterten sich einige Bemerkungen zu und lächelten hinüber. Der blasse Uwe Petersen wäre sicherlich nicht aufgefallen, aber Toreno weckte bei ihnen Interesse. Der Italiener mit dem Maßanzug hätte gerade aus einem Modemagazin entstiegen sein können.

Der Mann mit dem Shirt nahm seine Cola und prostete ihm zu. Damiano hob sein Cognacglas und grüßte lächelnd zurück. Auch ihm waren die gut aussehenden Männer aufgefallen und sein Gespür signalisierte ihm, eventuell neue Spieler für eine kleine Runde gefunden zu haben. Er stand auf und ging auf die neuen Gäste zu. »Hallo, guten Tag, wollen Sie sich nicht zu uns setzen?«

Der Mann im Sommeranzug antwortete auf Englisch. Damiano hatte die Situation sofort im Griff und sprach nun ebenfalls in bestem Englisch. Er stellte sich vor und wiederholte seine Frage. Die Männer nickten und folgten ihm zu seinem Platz. Sie begrüßten Uwe. »Woher kommen Sie?«, fragte Toreno die Neuankömmlinge.

»Amerika«, war die Antwort. »Arbeiten Sie hier, oder machen Sie Urlaub?«

»Wir machen Ferien und bleiben eine ganze Woche. Hamburg gefällt uns sehr gut. Es ist alles so schön klein hier und so übersichtlich.«

Damiano bestellte erneut eine Runde, wobei die Amerikaner bei ihrer Cola blieben. »Sie haben eine kleine Feier?«, fragte der Mann im Anzug, der sich als Willy vorstellte.

»Eher so etwas wie einen Abschied«, sagte Damiano. »Wir haben einen Abschnitt hinter uns zu lassen.« Willy und Jonathan nickten freundlich, ohne den Sinn verstanden zu haben.

Uwe versuchte anfangs der Unterhaltung zu folgen, aber der amerikanische Slang verschlang seine wenigen Sprachkenntnisse. Toreno dolmetschte locker und so entwickelte sich ein amüsantes Gespräch. Die Amis fanden die beiden Deutschen lustig und man verabredete sich für den Abend, um die Nacht auf der Reeperbahn durchzumachen.

Bis dahin zogen sich alle auf ihre Zimmer zurück, um Kräfte zu schonen.

Uwe legte sich sofort auf sein Bett und schlief ein, während Toreno, in seinem Zimmer eine Etage tiefer, sein Geld zählte und ein Blatt Karten hervorholte, um es mehrfach durchzumischen. Er war völlig pleite und hatte keine Ahnung, wie er das Zimmer bezahlen sollte, in dem er nun schon seit vier Tagen wohnte. Seine Kreditkarten waren seit über einer Woche gesperrt. Die Banken hatten schnell reagiert, nachdem er sein Limit ausgeschöpft und alles verloren hatte. Ich muss wieder gewinnen, sagte er sich. Am besten noch heute Abend!

Die Amerikaner waren bester Laune. Sie schalteten den Nachrichtensender CNN an und öffneten eine Dose Kohlrouladen, die sie sich in der Stadt gekauft hatten und nun kalt, aber mit Genuss, aßen. »Gute Boys, die beiden«, sagte Jonathan. »Dieser Uwe ist etwas ›boring‹ – langweilig, aber Damiano ist ein smarter Kerl. Der ist taff. Könnte der etwas für uns sein?«

»Keine Ahnung, ich werde ihm aber heute Abend mal auf den Zahn fühlen«, antwortete Willy. »Dort, wo wir hinwollen, kann man das ja vorzüglich.« Er setzte sich in den Ledersessel und schaute aus dem Fenster. Ein halbes Jahr war es jetzt her, seit er und Jon sich kennen gelernt hatten. Damals war er auf der Flucht vor der Polizei gewesen, nachdem man die Leichen von Ted und

Daniel auf seinem Anwesen gefunden hatte. Mit dem Ausweis eines toten Polizisten war er direkt nach seiner Vernehmung untergetaucht und hatte alles hinter sich gelassen. Dessen Ähnlichkeit mit ihm hatte er ausgenutzt: Er hatte sich einen Schnauzer wachsen lassen und sich die Haare gefärbt. Dann war er die Nacht durch zu Jonathan gefahren.

Sie kannten sich aus dem Chat, er und Jon, und wurden sofort ein Paar. Den Wagen hatte er an eine Straßengang verkauft. Für ein paar Dollar fragten die nicht nach dem woher und warum. Sein Nummernschild hatte er vorher abgenommen und mit Hilfe Jonathans, der für ihn bürgte, wurde bei den Behörden schnell aus Jack Russel »Willy Stone«. Er, Jack Russel, war nun einer der meist gesuchten Personen Amerikas! Er wurde gejagt, weil er sich mit Männern über das Internet zum Schlachten und zum Verspeisen verabredet und es auch vollendet hatte. Es gab sogar hier in Deutschland bereits ein Buch über ihn: DER KANNIBALE, von Gerd Lorenz.

Jonathan wusste von diesen Neigungen noch nichts und schon gar nichts von den Toten. Die Ereignisse hatten sich damals überschlagen. Ronny, sein Freund aus Houston, hatte ihn verraten, an seine Clique. Und ausgerechnet ein entfernter Onkel von ihm, Inspektor Winter, war ihm auf den Fersen gewesen. Mit ihm hatte er oft bei einem Whisky und einer Zigarre über die vermissten Männer gesprochen und während der Onkel ahnungslos von seinen Nachforschungen erzählt hatte, hatten die beiden Verschwundenen bereits in seinem Park unter der Erde gelegen.

Jack musste grinsen. Egal, jedenfalls hatte er Jon kennen gelernt und jetzt waren sie in Germany. Die Idee war von ihm gekommen, mit der Ein- und Ausreise hatte er letztlich die Fahndung nach ihm testen wollen. Aber es gab überhaupt keine Probleme. Nun war er also offiziell Willy Stone, ehemaliger Sergeant der Polizei und jetzt Privatier. Er freute sich auf den Abend auf Deutschlands Sündenmeile und hatte vor, sich mit Damiano Toreno anzufreunden und ihn nach Amerika einzuladen. Wer weiß, was sich daraus noch so alles entwickelt, dachte er.

»Wir treffen uns also heute Abend um sieben Uhr hier in der Lobby. Wir werden mit dem Bus die bekanntesten Sehenswürdigkeiten besuchen, zum Rathaus fahren, den Michel ansehen und die kleinste Gasse, und und und ... Das Abendessen nehmen wir in der Fischerklause ein. Wir sind dann gegen zehn Uhr wieder hier am Hotel.« Der Leiter der amerikanischen Reisegesellschaft wünschte allen neuen Gästen einen schönen Ausflug, klemmte seine Unterlagen unter den Arm und verließ mit wichtiger Miene das Hotel.

»Ich bin so glücklich, hier zu sein«, sagte Elsa. »Mein Gott, es war bestimmt richtig, nach Amerika zu gehen, damals fünfundvierzig, aber nun wieder hier zu sein ist so schön! Wir machen heute die Bustour und laufen morgen die Strecke noch einmal zu Fuß ab, okay?«

»Gut, Darling«, antwortete John Winter. »Ich bin auch gespannt darauf, was uns hier alles erwartet.«

Elsa zupfte ihren Mann am Arm. »Komm, Schatz, ich lade dich zu einem Bier ein, an der Bar. Das deutsche

Bier ist immer noch das beste der Welt. Wir haben gut eine Stunde bis zur Abfahrt. Komm, wir stimmen uns mit einem Begrüßungsgetränk schon etwas auf den Abend ein.« Gerne nahm Winter die Einladung seiner Frau an. »Gut, Darling, aber Vorsicht, ich schaffe auch drei Bier in der Stunde!«

Sie lachte. »Sollst du haben, mein Held!« Vergnügt nahmen sie an der Bar Platz und Elsa bestellte auf Deutsch die Getränke.

Sie nahmen sich ein Taxi. Während sich die beiden Amis und Uwe nach hinten setzten, nahm Toreno vorn Platz. »Zur Reeperbahn, bitte«, wies er dem Fahrer das Ziel. Die Männer wurden ein paar Straßen weiter an der Davidswache herausgelassen und stürzten sich zu Fuß in das Abenteuer. Zuerst lud Damiano die Amerikaner auf eine Stärkung in den Burger King ein. Willy und Jonathan hätten zwar lieber Eisbein mit Sauerkraut gegessen, aber das würden sie später noch nachholen. Dann bummelten alle an den Schaufenstern vorbei, um sich über die verschiedensten Auslagen zu amüsieren. Sie durchliefen die Herbert-Straße und kamen schließlich auf dem Hans Albers-Platz an. Die zahlreichen Mädchen, die der Gruppe viel Spaß anboten, wiesen sie scherzend und galant ab. Und dennoch waren sie unzufrieden! Zu unterschiedlich waren ihre Interessen. Während die Amerikaner nach einem Klub für Schwule Ausschau hielten, schielte Toreno nach den unzähligen Spielhallen. Uwe hatte schlichtweg gar keine Lust auf irgendetwas. So zogen sie durch die Straßen, bis sie zu dem Entschluss kamen, sich zu trennen. Sie schlugen sich, mit den Augen zwinkernd, auf die Schulter und wünschten sich einen erfolgreichen Abend. Dann gingen sie auseinander.

Elsa hatte einen Fensterplatz im nur halb vollen Bus. Ihr Mann war ganz dicht an sie herangerückt und sah mit ihr auf die sich füllende Straße. Der Bus fuhr in die Königsstraße. Da sah Winter ihn. »Stone«, stammelte er und grub seine Finger in den Arm seiner Frau. »Stone«, wiederholte er lauter. »Da geht Willy! Siehst du? Willy Stone! Elsa! Schau! Da ist Willy!«

Elsa hatte den Mann auch gesehen. »Meinst du wirklich? Na, ich weiß nicht!«

»Aber ich! Ich kenne doch Willy!« Winter schlug mit der flachen Hand an die Scheibe. »Willy!« Wirkungslos waren Rufe und Klopfen. Der Bus war inzwischen weitergefahren und hatte sich mehrere Meter von der Stelle entfernt, wo Winter seinen in Amerika vermissten Kollegen gesehen hatte. Die Mitreisenden sahen verwundert auf den Mann, der jetzt zum Fahrer eilte, um ihn zum Anhalten aufzufordern. Für Winter verging wertvolle Zeit. »Stop! Please, stop here!«

Elsa hatte ebenfalls ihren Platz verlassen und war nach vorne gekommen. An der nächstmöglichen Stelle hielt der Bus endlich an. »Wir kommen mit dem Taxi ins Hotel«, rief Elsa dem Reiseleiter noch zu und stieg hinter ihrem Mann aus.

Winters Herz klopfte bis zum Hals. Was machte Willy in Deutschland? Musste man ihn etwa hier suchen? Was war passiert damals? Er sah die Straße hinab und reckte den Kopf. »Kannst du was sehen?«, fragte er seine Frau.

Elsa schüttelte den Kopf. »Komm, wir müssen zurück! Wir finden ihn! Das sind nur gute fünfhundert Meter. Dann habe ich ihn! Willy!« Er zog Elsa am Arm und seine Schritte wurden immer schneller. Schließlich lief er, ohne seine Frau loszulassen, den Weg zurück.

Willy und Jonathan hatten unterdessen eine Bar nach ihrem Geschmack gefunden und waren kurzerhand dort eingekehrt. So liefen Winter und seine Frau an der Stelle vorbei, an der sie Willy Stone, der eigentlich Jack Russel war, gesehen hatten. Einige Meter weiter blieb Winter laut schnaufend stehen. Er beugte sich nach vorn und stützte sich auf seinen Oberschenkeln ab.

»Kannst du ihn sehen?«, keuchte er.

»Nein, hier ist er nicht«, antwortete Elsa. Sie sah sich um. »Bist du sicher, dass du Willy hier gesehen hast? Vielleicht war der Junge ihm nur sehr ähnlich.«

»Den Gang kenne ich, dann der Schnauzer ... kenne ich doch alles!«, sagte Winter sicher.

»Aber was soll der denn in Deutschland? Und hast du gesehen: Der war nicht allein. Da war noch ein anderer Mann.«

Winter dachte kurz nach. »Richtig, da war noch ein anderer Mann, aber dies hat nichts zu sagen. Der interessiert mich nicht.«

»John, du irrst dich!«, sprach Elsa eindringlich auf ihren Mann ein. »Jeder Mensch hat einen Doppelgänger! Und, überlege doch mal: Welchen Grund sollte denn Stone haben, nach Deutschland abzuhauen? Gar nichts spricht dafür! Im Job stand er vor einer Beförderung und seine Frau und seine Kinder liebte er. Er lebte ohne Sorgen und Kummer.«

»Du hast ja so Recht, Elsa«, sagte Winter. »Aber trotzdem! Irgendetwas stimmt da nicht. Lass uns ins Hotel fahren. Ich muss nachdenken.«

So sehr John Winter auch grübelte, er fand keine Lösung. Es gab keine schlüssige Erklärung, warum Willy Stone in Deutschland sein sollte. Eine Nachfrage bei den Fluggesellschaften hätte ihm Gewissheit bringen können, aber er kam im Moment noch nicht darauf.

Die Verabredung vom Vorabend, sich zum Frühstück zu treffen, wurde von niemandem eingehalten. Jonathan und Willy hatten die Nacht in einem Klub verbracht und schliefen sich aus. Damiano zockte bis zum Morgen und ließ sich mit mehreren tausend Euro in der Tasche zum Hotel fahren, in dem Uwe bis weit nach Mitternacht in seinem Zimmer stumpf vor sich hin gesoffen hatte.

Sie sahen sich nie wieder.

Zwei weitere Tage lang hatte Uwe in seinem Zimmer gesessen und getrunken. Die Lebensmittel waren längst aufgebraucht und so benötigte er nicht mehr viel Alkohol, um von einem in den nächsten Dämmerzustand zu gelangen. Er hatte gelitten, hatte sich in Selbstmitleid ergangen, hatte geschimpft und gewettert, geheult und dann in seinem Zustand erkannt, wie sehr er doch eigentlich seine Frau liebte.

Nun war ihm schlecht. Der ungewohnt viele Alkohol ließ den Magen rebellieren und er hatte sich übergeben müssen. Teilnahmslos lag er jetzt auf seinem Bett und kehrte langsam in die Realität zurück. Okay, sagte er sich. Das Wichtigste zuerst: Versöhnung mit Sabine. Das Geld für das Haus war damals von ihren Eltern gekommen. Außerdem verdiente sie als Lehrerin mehr als er. Dies musste man bedenken! Das durfte er nicht aufs Spiel setzen. Als Zweites musste er sich um Ulrike kümmern. Die sollte ihr blaues Wunder erleben. Zu lange hatte er Nachsicht geübt an ihren Verstößen im Straßenverkehr. Das hatte ein Ende. Ab sofort gab es für sie keine Extrawurst mehr!

Uwe sah zur Uhr. Er musste los. Nur noch schnell irgendwo eine Bratwurst essen und dann würde er nach Hause fahren, um reinen Tisch zu machen. Er zog die Vorhänge zurück und öffnete das Fenster auf Kippstellung. Dann warf er einen letzten Blick in das Bad, fand es sauber und zog die Zimmertür hinter sich zu. Er verließ das Hotel und wusste, dass er nie wieder hierher zurückkommen würde.

Gut eine Stunde später kam er in seinem Heimatdorf an. Am Ortseingang hatte Uwe noch an der Tankstelle einen Blumenstrauß für seine Frau gekauft, mit der er sie milde stimmen wollte. Er wollte ihr erklären, dass er sich verrannt hatte, dass er sich kurz hatte blenden lassen von Ulrike, wie im Übrigen alle anderen auch! Aber dass jetzt alles vorbei war. Er hatte sich besonnen und war nun zu ihr zurückgekommen.

Mit diesen Gedanken betrat er sein Haus. Sabine war noch in der Schule, das passte ihm. Uwe zog sich aus und ging unter die Dusche. Anschließend rasierte er sich und gelte sein Haar. Dann zog er seine Uniform an und machte sich zu Fuß auf den Weg zur Schule. Er hatte vor, Sabine von der Arbeit abzuholen. Mit ihr durch den

Ort spazieren gehend, wollte er den Leuten zeigen, dass in seiner Ehe alles in Ordnung war. Am Abend würde er dann mit ihr Essen gehen, im »Hafen«, und er wollte das teuerste Gericht bestellen und Sekt. Nichts sollte den Abend trüben. Es sollte eine Art Hochzeitstag sein, den sie feierten.

Sabine kam aus der Schule und sah sofort ihren Mann. Sie stutzte. Es war lange her, dass Uwe sie abgeholt hatte. Er ging auf sie zu. Schlecht sieht er aus, dachte sie, als sie in sein Gesicht sah. Uwe lächelte und breitete seine Arme aus, eine schon fast hilflose Geste. Sie nahm das Angebot an und umarmte ihn.

»Schön, dass du wieder zu Hause bist, Uwe«, sagte sie leise. »Du hast mir einen schönen Schreck eingejagt. Tu das nie wieder, hörst du, Uwe, versprich mir das.« Sie zitterte und Uwe war froh, dass sie nicht weiter darüber sprach. Der befürchteten großen Aussprache war er offensichtlich entkommen.

»Das kommt bestimmt nicht wieder vor«, sagte er, »ich weiß doch, was ich an dir habe.« Erleichtert hakte er sich bei ihr ein und so gingen sie gemeinsam nach Hause. Zu seinen Wurststullen am Abend trank er ein Bier.

Es war wieder Montag und Ulrike hatte ihre Besorgungen erledigt, als sie noch schnell einmal bei Nils vorbeischaute. Obwohl sie sich erst vor einigen wenigen Stunden verabschiedet hatten, klopfte ihr Herz und glücklich und beschwingt betrat sie sein Büro. Nils stand vor einem Zeichenbrett und sah auf, als sich die Tür öffnete.

»Hi, Liebling, schön, dass du noch einmal reinschaust.« Er ging ihr entgegen und umarmte sie. »Ohne

Lineal könnte ich heute keinen geraden Strich ziehen!«, sagte er. »So sehr zittere ich noch.«

»Warum zitterst du denn, doch nicht etwa vor Angst?«, fragte sie schelmisch.

»Es fehlt mir einfach die Kraft, einen Stift zu halten«, sagte er. »Ein ganzes Wochenende im Bett mit dir, da bin ich völlig ausgelaugt!«

»Das ist bei uns Weibchen eben so. Wir suchen uns halt den Stärksten aus! Und dazu müssen wir ihn testen.« Sie kuschelte sich an ihn und sah ihn an: »Aber du hast die Prüfung mit Bravour bestanden, Liebling. Bis zum nächsten Test! Heute Abend?«

»Klar!« Nils atmete tief ein und pumpte seinen Brustkorb voll Luft: »Die Stellung als Platzhirsch gebe ich nicht wieder auf!« Beide lachten und küssten sich dann innig.

»Okay, ich muss los! Bis heute Abend also.«

»Ja, bis heute Abend.«

Ulrike fuhr zurück ins Dorf. Auf dem Weg zu ihrem Haus hielt sie noch kurz vor dem kleinen Kunstgewerbegeschäft an. Sie betrat den Laden.

»Moin.« Die Türglocke schellte.

Hinter einem Vorhang kam Anke Karow hervor, die Inhaberin. »Hallo, Ulrike, schön, dass du reinschaust. Da können wir gleich abrechnen. Es ist einiges weggegangen in den letzten zwei Wochen. Besonders die kleinen Aquarelle. Ist ja auch immer ein schönes Geschenk, so ein Bild von der Heimat.«

»Deswegen bin ich zwar nicht gekommen, aber das Geld nehme ich natürlich gerne.« Sie lachten und während Anke die Scheine vorzählte, sah Ulrike sich um. »Ich brauche noch ein kleines Geschenk«, sagte sie.

»Und woran hast du da so gedacht?«

»Es ist für meinen Freund. Wir kennen uns noch nicht lange.« Sie ging suchend die Regale entlang. Plötzlich blieb sie stehen und kam ein paar Schritte zurück. »Das ist es!«, rief sie begeistert. »Das ist so kitschig, das passt.« Sie entnahm aus dem Regal einen kleinen vergoldeten Hirsch, der auf einem Holzsockel stand. Und das Schärfste war: Auf diesem Sockel war ein Metallschildchen mit der Aufschrift »Viele Grüße von der Ostsee«! Ulrike musste aufpassen, dass sie nicht laut loslachte. Sie ging zur Kasse.

»Sag mal, Rike, ist das nicht dein Auto?«, fragte Anke und deutete mit der Hand auf das Schaufenster. Ulrike sah hinaus. Sie sah ihren Wagen auf der anderen Straßenseite und den Polizisten, der darum lief.

»Das ist meiner, ja. Was will Uwe denn? Der tut ja so, als ob er mein Auto nicht kennen würde.« Sie runzelte die Stirn, als der Polizist einen Block aus seiner Tasche zog. »Was geht denn hier ab?«, fragte sie. »Moment mal, ich bin gleich wieder zurück!« Mit diesen Worten verließ sie das Geschäft und ging über die Straße.

»Hallo, Uwe, was gibt's?«, fragte sie.

Uwe drehte sich um. »Ist dies Ihr Wagen?«

»Ja, klar, du kennst doch mein Auto!«, sagte Ulrike irritiert. »Wieso, was ist damit?«

»Dann hätte ich gerne mal die Papiere: Fahrzeugschein, Führerschein und den Personalausweis, bitte.«

Ulrike glaubte ihren Ohren nicht zu trauen. »Wie bitte? Du bist doch Uwe Petersen, oder? Oder gibt es einen Klon? Oder einen Doppelgänger?«

»Polizeiobermeister Petersen«, antwortete der Angesprochene. »Dies ist eine Fahrzeugkontrolle! Die Papiere bitte.« Er blickte streng an Ulrike vorbei und hielt seine Hand vor. Ulrike begriff nichts, holte aber die geforderten Papiere aus der Tasche und reichte sie weiter.

Petersen blätterte in den Ausweisen und verglich scheinbar die Daten. Er ging um das Auto herum, studierte das Nummernschild und kam dann wieder zurück. »Ihr TÜV ist abgelaufen!«, sagte Uwe. »Das geht so nicht! Lassen Sie das in Ordnung bringen.« Er gab Ulrike die Papiere zurück.

»Alles klar«, sagte sie, »hab ich wohl verpasst. Wird prompt erledigt!« Erleichtert steckte sie die Ausweise zurück in ihre Tasche.

»Möchten Sie sofort bezahlen oder sollen wir Ihnen das zuschicken?«

»Hä?«

»Den Strafzettel! Zahlen Sie gleich oder später?«

Ulrike war jetzt völlig baff. »Mensch! Uwe, was ist mit dir los?«

»Ich bin im Dienst, das sehen Sie doch!« Er wies auf seine Uniform.

Ulrike glaubte immer noch an einen gut inszenierten Scherz. »Steht dir auch richtig gut, ehrlich. So eine Kleidung macht den Mann doch erst richtig komplett. Man ist dann ein ganzer Kerl! Jeder muss einen respektieren! Aber mal im Ernst: Die Nummer brauchst du doch nicht bei mir abzuziehen! ICH finde dich auch ohne Uniform gut. Bierchen heute Abend bei mir?«

Jetzt war Uwe verwirrt. Die Einladung Ulrikes passte nicht in sein Konzept. Er wollte sie abstrafen, nach den Buchstaben des Gesetzes, und nun dies! »Nee, heute

Abend kann ich nicht. Versammlung. Ein anderes Mal gerne!«

»Das ist schön! Ruf mich an oder komm einfach so vorbei«, bekräftigte Ulrike ihr Angebot, während sie einstieg. Sie fuhr los und winkte Uwe noch einmal zu. Der seufzte tief bei der Aussicht auf ein Pils bei ihr und steckte den Block ein.

Zu Hause angekommen, fiel Ulrike der goldene Hirsch ein, dieses kleine, scherzhaft gemeinte Geschenk für Nils. Sie hatte keine Lust mehr, zurückzufahren und rief bei Anke Karow im Geschäft an. Die Frauen verabredeten sich für den frühen Abend bei Ulrike.

Uwe Petersen ärgerte sich. Da wollte er reinen Tisch machen, wollte Schluss machen mit dem Thema Ulrike, und schon beim ersten Treffen ließ er sich von ihr einlullen. Dabei lief doch anfangs alles so gut! Die Plakette war abgelaufen, was konnte er denn dafür? Da musste er einschreiten. Er hatte sich völlig korrekt verhalten. Ist ja auch zu ihrem eigenen Schutz, dachte er, den TÜV gibt es ja nicht ohne Grund! Und was hatte er jetzt? Einen Strafzettel und eine Einladung. Was tun?

Er schüttelte sich: nein, nein und abermals nein! Es war vorbei! Das konnte doch nicht alles umsonst gewesen sein: die Schlägereien mit Brand, die qualvollen Nächte im Hotel und der Ärger zu Hause. Und außerdem: Sie hatte einen Freund! Das kam dazu. Sie wollte ihn, Uwe, nicht. Dies war das Entscheidende! Er hätte ihr den Himmel auf Erden geschaffen, aber sie hatte ihn abgewiesen, SO sah es doch aus! Damit musste er leben! Und sie! Wenn sie dann irgendwie mit der Ordnungsmacht in Konflikt kam, dann musste sie es eben ausbaden! Genau! Härte! Wobei … Ein Bierchen in Ehren konnte keiner verwehren … ! Uwe beschloss, Ulrike im Auge zu behalten. Egal, wie es lief, irgendetwas würde passieren. Er würde am Ball bleiben.

Als Nils bei Ulrike eintraf, war Anke noch da. Die beiden Frauen hatten die Abrechnung für die verkauften Bilder zu Ende gebracht und Ulrike hatte von ihrer Liebe zu dem Architekten erzählt. Dass sich die beiden nun auch noch trafen, war ihr ganz recht. So würde sich noch schneller rumsprechen, dass sie jetzt sozusagen in festen Händen war.

»Das ist er«, stellte Ulrike Nils vor.

»Hi, ich bin Anke.« Anke Karow reichte dem Besucher die Hand. »Hallo, Nils.« Während Anke die Augen von Nils suchte, sah dieser Ulrike an. »Okay, ich merke schon; ich störe jetzt. Macht's gut, ihr Lieben«, sagte sie und nahm ihre Tasche.

»Danke, Anke!« Ulrike zwinkerte ihr zu. »Nett von dir, dass du vorbeigekommen bist. Ich schau die nächsten Tage noch einmal bei dir rein. Tschüs.«

»Ja, tschüs.« Anke sah noch einmal auf Nils und ging.

Als Ulrike und Nils alleine waren, fielen sie übereinander her. Sich gegenseitig ausziehend, sanken sie auf den Boden des Flures. Später, in der Küche, erzählte Ulrike von der Begebenheit vor Ankes Geschäft. Das eigenartige Verhalten von Uwe Petersen konnte sie sich bis jetzt nicht erklären.

»Er wird wirklich voll im Dienst gewesen sein«, sagte Nils. »Vielleicht war auch ein Kollege von ihm in der

Nähe, oder sogar ein Vorgesetzter. Da war er einfach gezwungen, so förmlich zu sein.«

»Also, ich habe niemanden dort gesehen. Aber egal, ich brauche jedenfalls nicht zahlen. Er wird mir schon noch erzählen, was er für ein Problem hatte. Gib mir mal bitte die Sojasauce aus dem Kühlschrank!« Sie hatte klein geschnittenes Hähnchenfleisch angebraten, mit Chili gewürzt und etwas Brühepulver dazugegeben.

»Wie viel Soja soll da rein?« Nils stand am Herd und deutete auf den Wok.

»Ein ordentlicher Schuss, so etwa eine Tasse voll.«

Er gab die Menge in den Topf und ein herrlicher Geruch stieg auf. Ulrike hatte unterdessen einen Beutel mit eingefrorenem Mischgemüse geöffnet und schüttete den Inhalt dazu.

»Das sieht ja lecker aus, woher hast du denn das Rezept?« Nils war begeistert.

In der heißen Pfanne taute das Gemüse schnell auf. »Das habe ich in einem Thailandurlaub abgeguckt, echt lecker. Das kann gar nicht scharf genug sein.« Sie rührte alles einmal um. »Und bissfest muss es sein, nicht so zerkocht. So, und nun kommt der Clou: Kokosmilch!« Sie nahm aus dem Schrank eine Dose und öffnete sie.

»Die kommt da auch noch rein?«

»Klar, das macht das Essen erst rund!« Ulrike goss die halbe Dose in das Gericht und rührte alles vorsichtig durch. »Fertig! Wie weit ist der Reis?«

»Keine Ahnung«, antwortete Nils und hielt ihr den Topf hin. Mit einem Löffel prüfte sie die Kochbeutel. »Okay, alles klar, wir können essen.«

Sie nahmen an dem Tisch am Fenster Platz und stießen mit warmem Pflaumenwein an. Das Thema Uwe war abgeschlossen und während sie aßen, musste Ulrike vom besagten Urlaub berichten.

Inzwischen war es dunkel geworden und nur das Rauschen des Windes, welches den Wellenschlag des Meeres übertönte, war zu hören. Jan, der Junge aus der Nachbarschaft, saß an seinem offenen Fenster und drückte gerade eine aufgerauchte Zigarette aus. Er hatte das Licht in seinem Zimmer ausgeschaltet und lauschte dem Wind. Da sah er ihn. Zuerst nahm er allerdings nur ein kurzes Blitzen wahr, so ein Aufleuchten. Dann sah er den Mann und erkannte bei genauem Hinsehen die Uniform von Uwe. Ein Knopf hatte wohl etwas Licht reflektiert. Was schleicht der denn hier herum, war sein erster Gedanke. Und gerade diese Gangart, dieses Schleichen, machte ihn stutzig.

Wie schon so oft war die Straßenbeleuchtung ausgefallen und das machte sich Uwe zu Nutze. Außerdem gab ihm seine Uniform zusätzliche Sicherheit. Dennoch wollte er nicht unbedingt gesehen werden auf seinem Weg zu Ulrike. Aber wie heißt es so schön: Einer sieht's immer. Dieses Mal jedenfalls sah es Jan.

Als Uwe an seinem Haus vorbeiging, duckte sich Jan etwas, ohne den Polizisten aus den Augen zu lassen. Der kann nur zu Rike wollen, dachte er sich. Aber um diese Zeit? Da kam ihm ein Gedanke. Sollten die beiden etwa ein Verhältnis haben? Ganz offensichtlich wollte Petersen nicht gesehen werden, das war glasklar! Aber Ulrike würde sich doch niemals mit Uwe einlassen! Ehrlich jetzt mal! Die konnte jeden haben! Jan beschloss, der Sache auf den Grund zu gehen. Er verließ sein Zimmer und schlüpfte aus dem Haus. Trotz der Dunkelheit kannte er sich aus. Kein Geräusch verriet ihn, als er, Deckung suchend, entlang des Weges dem Mann vor ihm folgte.

Uwe bemerkte den Verfolger nicht. Zu sehr war er in seinen Gedanken mit Ulrike beschäftigt. Die Einladung zum Bier ging ihm nicht aus dem Kopf. Er wusste nicht, was er davon halten sollte. Da war er ihr in aller Form entgegengetreten, hatte ihr Auto kontrolliert und ihre Papiere, und sie reagierte so! Während der Versammlung eben war er unkonzentriert gewesen und hatte dem Geschehen kaum folgen können. Es war ihm klar, dass er jetzt kein Bier mit ihr trinken würde, aber eine innerliche Unruhe zwang ihn, noch einmal zu ihrem Haus zu gehen.

Als er in den Weg zu ihr einbog, sah er das Auto. Uwe runzelte die Stirn. Hatte Ulrike etwa Besuch? Von wem? Plötzlich fiel ihm etwas ein. Sprach sie nicht von einem Liebhaber? Ja, klar! Als er neulich bei ihr war, hatte sie ihm ins Gesicht gesagt, dass sie sich verliebt hatte. Das ist ja interessant, dachte er voller Groll. Wenn das so ist, muss ich dich erst einmal unter die Lupe nehmen! Wenn du mir nicht schmeckst, mach ich dich fertig! Und du schmeckst mir jetzt schon nicht!

Bevor er das Auto kontrollierte, sah er auf das spärlich beleuchtete Haus. Alles war still. Uwe ging um den Wagen. Typisch, dachte er, als er das Sportcoupé begutachtete. Scheiß Schickimicki-Karre! Er holte einen Block aus der Tasche und schrieb sich die Autonummer auf. Morgen weiß ich, wer du bist, dachte er und wandte sich dem Haus zu.

Jan hatte sich hinter einem Baum versteckt, von dem aus er Uwe beobachtete. Er hatte das Auto, dass da vor

Ulrikes Haus stand, nicht kommen gesehen. Warum interessiert sich die Polizei für den Wagen?, fragte er sich. Hier stimmt doch was nicht!

Er sah Petersen das Grundstück betreten. So wie der die Tür öffnete und den Weg entlangschlich, konnte es sich nur um etwas Geheimnisvolles handeln. Das war nie und nimmer ein offizieller Besuch.

Uwe hatte die Hausecke erreicht und bog, sich noch einmal umdrehend, herum. Jan verließ sein Versteck und lief leicht gebeugt den Zaun entlang, bis zur offenen Pforte. Er sah gerade noch, wie Uwe verschwand. Ihm zu folgen wagte er dann doch nicht und so wartete er hinter einem Busch auf der anderen Straßenseite.

Der Polizist verharrte und lauschte in die Nacht. Nur die Blätter in den Bäumen rauschten im Wind. Er tastete sich Schritt für Schritt an der Hauswand entlang zum Fenster. Das aus dem Zimmer scheinende Licht lockte ihn an wie ein Magnet. Sein Herz schlug ihm bis zum Hals, als er vorsichtig seinen Kopf vorschob und in das Fenster sah. Nur eine Sekunde hatte er in das Zimmer geschaut, aber was er dort gesehen hatte, schnitt tief in sein Herz. Uwe hatte sich jetzt mit dem Rücken an die Wand gelehnt und atmete schwer. Das Bild, dass er gesehen hatte, brannte sich in ihm ein. Der Mann, Ulrike, diese Nacktheit! Es widerte ihn an, noch einmal in das Zimmer zu schauen. Da war nichts von Voyeurismus. DAS wollte er nicht sehen!

Ulrike tatsächlich in den Armen eines anderen Mannes! Uwes Knie wurden weich und er hockte sich auf den Boden. Er atmete mehrmals tief durch und erhob sich wieder. Die frische, kühle Seeluft tat ihm gut. Er drückte seinen Rücken durch und straffte sich. Cool bleiben, sagte Uwe zu sich selbst. Cool bleiben und konsequent, und hart! Hart sein zu seinem Gegner! Den hatte er jetzt. Der Fahrer des Wagens und Liebhaber Ulrikes musste zahlen, das war klar. Irgendetwas gab es immer, das man ihm anhängen konnte.

Er schlich zurück zur Straße. Am Auto blieb er stehen. Noch einmal sah er auf das Rattennest, wie er Ulrikes Haus nun nannte, und zog aus seiner Tasche ein Messer. Er klappte es auf und beugte sich hinab zu den Rädern. Mit einem kurzen, kräftigen Stoß zerstach er einen Reifen, der sich sofort verformte.

Uwe richtete sich auf und stieß mit seiner Schuhspitze dagegen. So siehst du aus, wenn ich mit dir fertig bin, dachte er voller Genugtuung. Dann ging er schnellen Schrittes die Straße hinab ins Dorf.

Jan kam langsam aus seinem Versteck. Was er eben gesehen hatte, war ungeheuerlich. Der Polizist Uwe Petersen demolierte ein Auto! Das war ein Hammer! Das glaubte ihm keiner! Aber wem sollte er es überhaupt erzählen? Da gab es doch einen Grund dafür, dass der so etwas tat! Na, der sollte noch einmal kommen und ihn anmachen, wegen dem Auspuff seines Mopeds. Von wegen zu laut und so. Den Trumpf wollte er selber behalten. Er beschloss, der Sache auf den Grund zu gehen.

Im Haus hatte niemand etwas von den Vorgängen da draußen bemerkt. Sie hatten sich geliebt, Ulrike und Nils, und ihre Körper dampften. Es gab für sie kein Gestern und kein Morgen, kein Schwarz und kein Weiß, kein Drinnen und kein Draußen, es gab für sie nur den Moment. Nur dieses Jetzt und Heute und das Verschmelzen ihrer Körper, und in der Hitze ihrer Umarmungen entstand ein Diamant ... ihre Liebe. Sie erkannten den Wert und beschlossen, ihn nicht nur festzuhalten, sondern auch zu pflegen und zu einem Brillanten zu schleifen. Dieser Wertvollste aller Steine schien ihnen der beste Vergleich zu sein für das, was da gerade mit ihnen passierte.

Sabine war traurig und voller Verzweiflung. Sie saß am Tisch und sah aus dem Fenster. Nur die Neonleuchte an ihrer Küchenzeile spendete trostlos Licht.

Sie hatte gehofft, dass nach dem Ausflug Uwes vor einigen Tagen alles anders werden würde oder zumindest etwas besser. Aber das war ein Trugschluss gewesen. Dabei hatte sie sich vorgenommen, ihn nicht mit Fragen zu empfangen und schon gar nicht mit Vorwürfen. Sie hatte die Tage des Alleinseins genutzt und über alles nachgedacht: über Uwe und ihre Ehe, über Ulrike, das Haus und über Kinder, die sie nie bekommen hatte. Vielleicht wäre alles anders gekommen, wenn wir Kinder hätten, sagte sie sich. Sie hatte sich ausgemalt, wie es wohl gewesen wäre, hatte sich in ihrer Fantasie bunte Bilder vorgestellt: den Garten, eine Schaukel, Kinderlachen. Aber dieses Glück war ihnen nicht gewährt. Sie hatte sich Vorwürfe gemacht deswegen und sich gefragt, ob sie wirklich alles getan hatten, Kinder zu bekommen. Medizinisch gesehen. Dabei war noch nicht einmal sicher, wer überhaupt unfruchtbar war von ihnen beiden.

Sabine seufzte. Das Thema hatte sich wohl erledigt. Obwohl es so ausgesehen hatte, als ob schon der Abend nach Uwes Rückkehr schön werden würde. Okay, er war etwas müde gewesen, aber er hatte noch erzählt, dass er Amerikaner kennen gelernt hatte und einen Deutschen mit italienischem Namen, der ein Spieler war. Aber das war es auch schon gewesen. Sie hatte Stullen geschmiert und mit Gurken und Tomaten garniert und er hatte eine Flasche Bier dazu getrunken. Hier an diesem Tisch war es gewesen und sie hatte ihm beim Essen zugesehen und gehofft, dass er sich ihr öffnen würde. Hätte er angefangen zu reden, sie hätte kein Wort des Tadels gehabt. Aber nichts war geschehen.

Seine knappe Erzählung war mehr so ein Alibigespräch gewesen: reden, um etwas gesagt zu haben. Als sie dann später ins Bett gegangen waren, hatte er sofort das Licht gelöscht, war an sie herangerückt und zwei Minuten später war alles vorbei gewesen. Er war auf die Seite gerollt und im selben Augenblick hatte sie ihn schnarchen gehört. Da hatte sie nicht mehr an sich halten können und hatte lautlos heiße Tränen auf ihr Kissen geweint.

Jetzt, am Fenster, wusste sie, dass er weg war. Er hatte sich von ihr entfernt, hatte keine Gefühle mehr für sie. Es war vorbei! So konnte es nicht weitergehen! Jetzt musste SIE eine Entscheidung treffen. Die Möglichkeit einer Partner- und Eheberatung verwarf sie sofort wieder. Das würde Uwe nie und nimmer mitmachen! Am besten wäre es, dachte sie, das Haus zu verkaufen und ganz von hier wegzugehen. Noch immer war es in diesem Kaff verpönt, eine geschiedene Frau zu sein. Zu eingefahren war hier die Einstellung dazu.

Ob sie vielleicht auch schon zu lange zusammen waren?, fragte sie sich. Beide waren sie im selben Ort aufgewachsen, als Nachbarskinder. Sie hatten dieselbe Schule besucht und nur die Zeit bei der Bundeswehr und ihr Studium hatten sie kurzzeitig getrennt. War dies alles schon zu viel? Hatten sie sich in all den Jahren schon so abgeschliffen? Waren die Neugier und die Lust aufeinander vergangen? Braucht der Mensch mehrere Partner im Leben? Sie wusste es nicht.

Natürlich dachte sie auch an Ulrike, aber sie hegte keinen Groll gegen sie. Sabine hatte die Neue oft, anfangs argwöhnisch, beobachtet, aber Rike hatte sich nie in den Vordergrund geschoben oder irgendetwas provoziert. Es waren ganz klar die Kerle, die immer wieder ihre Nähe suchten und Sabine war fair genug, das so zu erkennen.

Denn auch schon vorher, vor Ulrikes Auftauchen, war Uwe immer verschlossener geworden und sie hatte kaum Zugang zu ihm gefunden. Er hatte eine Mauer um sich gebaut und ihr keine Chance gegeben, sie zu durchbrechen. Da war nichts mehr von der fröhlichen Unbekümmertheit eines Uwe Petersen vor einigen Jahren gewesen. Warum das so gekommen war, konnte sie sich nicht erklären.

Es fing an zu regnen und Sabine legte ihren Kopf zwischen ihre Arme auf den Tisch. Sie lauschte dem Klatschen des Wassers an das Fenster und schlief irgendwann ein. Sie träumte von einer Sturmflut, die alles mitriss.

So fand Uwe sie vor. Er war durchnässt ins Haus gekommen und schüttelte seine Jacke im Flur. Durch die offene Küchentür sah er seine Frau am Tisch. Leise schloss er die Tür und ging in die Wohnstube. Er schaltete den Fernseher ein und zappte durch die Programme. Aber er nahm nicht wahr, was dort gezeigt wurde. Zu sehr beschäftigte ihn das Geschehen auf dem Mantheischen Hof. Die Eifersucht zerfraß ihn förmlich. Er konnte sich von Ulrike nicht lösen. Weder durch Strenge noch durch Distanz. Auch Sabines Anwesenheit konnte ihm nicht helfen. Hatte er sich noch in Hamburg vorgenommen, seine Ehe neu zu beleben, so war dieser Vorsatz innerhalb weniger Stunden vergessen gewesen. Es klappte einfach nicht! Er empfand nichts mehr für Sabine! Da half auch kein Verdrängen des Problems – es gab keine Gemeinsamkeiten mehr. Ohne dass wirklich etwas passiert war, hatten sie sich entzweit.

Mit Ulrike hätte ich ein neues Leben anfangen können, dachte er sich. Warum denn auch nicht? Ich habe keine Kinder, auf die ich Rücksicht nehmen muss und Sabine ist ja auch nicht glücklich. Mein Neuanfang könnte doch auch ein Neuanfang für sie sein! Wir trennen uns freundschaftlich und beginnen dann etwas Neues! Mit dem Haus könnte man sich einigen. Ich lasse mir einen Betrag auszahlen und ziehe zu Rike – und alles ist gut!

Aber nichts war gut. Ulrike liebte einen anderen. Damit hatte er nicht gerechnet. Für ihn kam nur er selbst in Frage. Er war doch der Beste hier im Ort! Und jetzt lag sie in den Armen dieses Kerls!

Uwe wusste nicht, wie er es ertragen sollte. In solch einem kleinen Nest lebte man doch quasi Tür an Tür. Wie sollte er sich denn verhalten, wenn er ihr begegnen würde? Und dann noch mit dem anderen Kerl! Was sollte werden, auf dem Schützenfest zum Beispiel? Der Gedanke daran, wie die beiden vor seinen Augen tanzen und lachen und womöglich sich noch küssen und schmusen würden, machte ihn krank. Dies würde er nicht überstehen, das wusste er jetzt schon. Das würde Ärger geben! Warum hatte sie denn auch nicht sein Werben bemerkt? Sie musste doch erkannt haben, dass er sich in sie verliebt hatte! Er hatte alles getan, um sich bemerkbar zu machen! Uwe seufzte in Selbstmitleid, stand auf, schaltete den Fernseher aus und ging ins Bad. Wenige Minuten später ging er allein ins Bett und schlief ein.

Als Sabine in der Küche erwachte, schmerzte ihr Rücken von der ungewohnten Haltung. Sie sah auf die Uhr. Mitternacht. Sabine stand auf, löschte das Licht und verließ die Küche. Sie sah die Uniform im Flur und schaute ins Schlafzimmer auf ihren Mann. Dann nahm sie eine Decke und schloss die Tür. Nichts hätte sie heute dazu bewegen können, die Nacht neben Uwe zu verbringen. Sie konnte und sie wollte nicht mehr!

John Winter hatte keinen Spaß mehr in Hamburg. Er war in Gedanken nur noch bei Willy Stone, seinem ehemaligen Kollegen. Während er sich sicher war, ihn hier gesehen zu haben, hatte seine Frau Elsa immer wieder versucht, ihn von der Möglichkeit eines Doppelgängers zu überzeugen. »Wie gesagt, warum sollte Willy damals Amerika verlassen haben? Von irgendwelchen Problemen war nichts bekannt! Das habt ihr doch alles mehrmals geprüft. Ihr habt euch beide gut verstanden, seine Frau war glücklich mit ihm und Geldsorgen hatte er auch nicht. Ich weiß wirklich nicht, warum er gegangen sein sollte.«

»Du hast ja Recht!« Winter rang mit sich. »Aber trotzdem! Willy ist verschwunden und hier läuft mir ein Mann vor die Füße, der hundertprozentig Stone sein könnte! Da schrillen bei mir eben alle Alarmglocken.«

»Okay, bleib cool. Lass uns überlegen, wie wir Gewissheit bekommen können. Denk nach, Johnny!«

»Genau. Also: Wenn es Willy ist – ist er als Tourist hier oder lebt er in Germany? Zweitens: Wo wohnt er? In einem Hotel oder in einer Wohnung? Egal, er muss irgendwo gemeldet sein. Die Deutschen sind da sehr gewissenhaft. Drittens: Wie kam er hierher? Flugzeug oder Schiff? Dann gibt es Einreiseformulare. Viertens: Von wo kam er? Reiste er aus den Staaten an, dann gibt es auch einen Abreiseort. Und der liegt in der Nähe seines Wohnortes! Wenn wir den kennen, finden wir Willy auch!«

»Wie willst du vorgehen?«, fragte Elsa.

»Ich muss zur hiesigen Polizei. Über das Internet können die mit dem Büro in Beaumont Kontakt aufnehmen. Und dann müssen sie checken, ob Willy Stone in Deutschland eingereist ist. Wenn ja, wo wohnt er?«

»Dann sollten wir keine Zeit verlieren!« Elsa stand auf.

»Aber du hast doch Urlaub. Es tut mir so Leid, dass ich dir die Tage hier vermiese.« John nahm seine Frau in den Arm. Sie sah ihn an: »Wie kann ich Ferien machen, wenn es um Willy geht. Ich mag ihn doch auch und ich habe Mitleid mit seiner Frau! Also will ich auch wissen, was mit ihm los ist. So einfach ist das. Außerdem genieße ich es immer noch, dass ich in Hamburg bin! Ich bin doch mittendrin! Los, lösen wir den Fall!«

Sie fuhren mit einem Taxi zur Polizei und nahmen auf dem langen, blanken Flur Platz. Als Erstes fiel Winter die Ruhe und Gelassenheit auf, die hier herrschte. Türen gingen auf, ein Gruß im Vorbeigehen, Türen gingen zu. Dann wieder Stille. Ab und zu hörte er ein Telefon klingeln. Hier lief niemand, hier hörte er kein lautes Gezeter, er sah nicht einmal einen Gefangenen in Handschellen. Winter wusste nicht, ob er enttäuscht oder begeistert sein sollte.

Erneut öffnete sich eine Tür:»Mister Winter, come in, please.«

»Danke«, antwortete Elsa,»wir können Deutsch reden.«

»Das ist schön, Kossik, mein Name. Hauptkommissar Kossik.« Er wies auf die Stühle.»Warum sind Sie zu uns gekommen?«

Elsa stellte ihren Mann und sich vor und erzählte kurz, woher sie kamen und warum sie in Hamburg waren. Dann sprach sie von dem Verdacht, Willy Stone hier gesehen zu haben. Winter saß daneben und folgte wortlos dem Gespräch. Er verstand nichts, aber bei dem Namen Willy nickte er. Ab und zu sah der deutsche Kollege ihn an.

»Wie ich schon sagte«, beendete Elsa ihre Ausführungen,»wir sind uns nicht sicher. Aber immerhin geht es um einen bei der Jagd auf einen Kannibalen verschwundenen Polizisten. Verstehen Sie?«

Kossik hatte sich Notizen gemacht und blickte auf. »Wir nehmen das ernst, Frau Winter. Ihre Hoteladresse habe ich mir notiert. Wie lange bleiben Sie noch in Hamburg?«

»Bis Freitag, dann geht unser Flieger.«

»Gut, ich lasse mir den Vorfall von Ihrer Dienststelle in – wie heißt das noch?«, er sah auf seinen Block, »in Beaumont bestätigen und melde mich dann in Ihrem Hotel. Heute ist Mittwoch. Das reicht uns an Zeit. Bis morgen Abend wissen wir mehr.« Er erhob sich und auch das Ehepaar stand auf. Sie reichten sich die Hände und verabschiedeten sich. »Good luck«, sagte Winter. »I hope you can find him.«

»Wir werden uns noch heute darum kümmern, versprochen.«

Der Fall Willy Stone war in Deutschland angekommen.

»Gute Jungs haben die hier!«, sagte John, als sie das Polizeipräsidium verließen. »Ich baue auf die deutsche Gründlichkeit und Schnelligkeit. Die machen das! Da habe ich ein richtig gutes Gefühl. Elsa, Schatz, wenn ich bloß Licht in das Dunkel bekommen könnte – allein seiner Frau und seiner Kinder wegen! Hab ich ihn erst, hole ich ihn auch wieder rüber!« Er ballte eine Faust. »Ich hole ihn zurück!«

Donnerstag, einen Tag vor ihrer Abreise, saßen Winter und seine Frau wieder bei Hauptkommissar Kossik. Ohne lange Floskeln berichtete er von den bisherigen Erkenntnissen.

»Also, eines vorneweg: Ein Mister Willy Stone ist tatsächlich über Frankfurt in Deutschland eingereist.«

Winter sprang auf. »Willy lebt! Hörst du, Elsa! Er LEBT! Mein Gott, ist das schön. Ich hatte Recht! Die ganze Zeit hatte ich Recht!« Er umarmte seine Frau, die ebenfalls aufgesprungen war.

»Bitte setzen Sie sich wieder«, sagte Kossik. »Da ist noch etwas. Er ist vor zwei Tagen wieder abgeflogen. Wir wissen nicht, mit wem er ein- und ausgereist ist, aber wir wissen, mit wem er hier im Hotel eingecheckt hat. Es ist ein gewisser Jonathan Smith. Kennen Sie diesen Herren?«

Elsa hatte alles übersetzt und Winter schüttelte den Kopf. »Nein, den kennen wir nicht«, antwortete Elsa. »Aber das ist auch nicht so wichtig. Hauptsache, er lebt!«

»Okay.« Der Kommissar klappte die Akte zu. »Ich melde die Ergebnisse an Ihre Behörde. Ach ja, ich soll Sie auch noch grüßen.« Erstaunt sah Winter auf. »Von Ihrem ehemaligen Kollegen, Inspektor Lincoln. Wir haben miteinander telefoniert. Sie möchten sich bitte bei ihm sehen lassen, wenn Sie wieder zu Hause sind. Er gratuliert aber jetzt schon!«

In Beaumont liefen die Telefone heiß. Der Tipp aus Germany war zuverlässig. Willy Stone, der vermisste Polizist, lebte ganz offensichtlich und hatte sich in Deutschland aufgehalten. Das ging aus mehreren zugefaxten Unterlagen hervor. Die Passagierlisten und die Meldekarten des Hotels lagen vor. Jetzt galt es, die zweite Person, diesen Smith, ausfindig zu machen und dann würde man wahrscheinlich auch an den Gesuchten herankommen.

Dass dies ein Trugschluss war, konnte allerdings da noch niemand ahnen. Willy Stone war tot. Aber um den Hals von Jack Russel, dem Kannibalen, legte sich eine Schlinge.

»Haben Sie einen Feind oder war das ein Dummejungenstreich?« Der Monteur vom Reifenhandel hatte Nils den zerschnittenen Pneu gezeigt. »Das war nie und nimmer ein Nagel. Sehen Sie!«

»Echt? Das ist ja unglaublich. Nein, einen Feind habe ich nicht.«

Das war vor einigen Tagen gewesen. Nach dem Reifenwechsel in der Werkstatt hatte Nils gleich Ulrike angerufen und ihr davon erzählt.

»Dann muss das ja hier vor meiner Tür passiert sein«, hatte sie geantwortet. »Das gibt es doch nicht!«

»Tja, keine Ahnung. Sehen wir uns am Wochenende?« Sie hatten sich verabredet und freuten sich auf das Wiedersehen.

Und nun war es so weit. Nils war sofort nach Büroschluss zu Ulrike gefahren. Seine kleine Reisetasche hatte er schon am Morgen gepackt. Er wollte keine Zeit verlieren und fuhr, alle Tempolimits ignorierend und fröhlich pfeifend, in das Dorf. Erst da drosselte er die Geschwindigkeit. Als er in den Weg zu ihr einbog, über das flache Land sah, zu ihrem Haus nahe der Steilküste, empfand er eine nicht gekannte Liebe gegenüber dem Landstrich, in dem er selbst seit seiner Geburt lebte. Es war für ihn alles so selbstverständlich, das Meer und die Wiesen, die Deiche und auch die Schafe, die es hier reichlich gab.

Nils hatte bis jetzt immer am Limit gelebt. Immer auf der Überholspur. Aber mit einem Schlag erkannte er die Schönheit seiner Heimat. Und die Ruhe, die von ihr ausging. Er hielt an und atmete tief durch. Sein Blick sollte dieses Bild fotografisch in seinem Kopf festhalten. Ulrike, dachte er. Das machst du. Du bist dabei, mein Leben zu verändern. Durch dich erlebe ich erst alles neu hier. Er startete und fuhr die letzten Meter zu ihrem Haus.

Ulrike hörte sein Kommen nicht. Sie hatte den ganzen Tag an einem Auftrag gearbeitet. Ein Kurhaus wollte von ihr ein großes Landschaftsbild in Öl und so hatte sie sich gleich an die Arbeit gemacht und darüber fast die Zeit vergessen. Irgendwann hatte sie zur Uhr geschaut und sich erschrocken, wie spät es schon war. Eilig hatte sie da einige Utensilien weggeräumt und sich im Bad schick gemacht.

Da klingelte es auch schon an der Tür. »Komme gleich«, rief sie und warf einen letzten prüfenden Blick in den Spiegel. Nils hörte ihre heraneilenden, klappernden Schritte und einen Augenblick später lagen sie sich in den Armen.

Eine Stunde später saßen sie in der Küche und tranken ein Glas Wein. Sie sprachen über ihre Arbeit und dies und das und kamen auch wieder auf den Reifen zu sprechen.

»Wenn das wirklich wahr ist, wer sollte das getan haben?«, überlegte Ulrike laut. »Wer soll denn hier draußen nachts herumschleichen und deinen Reifen zerstechen?«

»Keine Ahnung! Ich weiß das wirklich nicht. Ich kenne hier niemanden.«

»Hier sind auch keine Rowdys in der Nähe. Ist ja ein ganz kleines Nest. Was willst du tun? Willst du eine Anzeige machen? Uwe, unser Sheriff, kommt raus zu mir, wenn ich ihn anrufe, willst du das?«

»Nee, du, lass mal. Das wäre ein schöner Einstand! Kaum hier und schon die Polizei im Haus. Nein danke.«

»Du bist ein Held! Fahr das Auto auf den Hof. Da steht es sicherer.«

Er stand auf und küsste ihre Stirn. »Danke, das mach ich gleich. Und morgen lade ich dich ein. Wir machen einen Ausflug. Kennst du schon die Sage von der Deichelfe?« »Deichelfe? Wer ist das denn?«

»War, mein Schatz, war. Das ist eine lange Geschichte. Meine Großmutter hat sie mir als Kind oft erzählt. Ich hatte sie fast vergessen, aber jetzt ist sie mir wieder eingefallen. Morgen fahre ich mit dir da hin, wo sie gelebt hat, okay?«

»Wer, deine Oma oder die Elfe?«

Nils grinste: »Beide. Manchmal habe ich wirklich geglaubt, sie ist eine Fee.«

»Oh ja. Das interessiert mich mächtig. Hol das Auto und dann kochen wir uns etwas Schönes.«

Am anderen Morgen fuhren sie früh mit dem Auto davon. Das Wetter war gut. Die Sonne schien und der Wind strich wie ein warmer Föhn über die Wiesen. Sie hatten sich einen Picknickkorb gepackt und freuten sich wie Kinder auf den Ausflug. Lachend und scherzend, das Verdeck offen, sausten sie über das flache Land.

Uwe Petersen hatte die beiden abfahren gesehen. Sie fuhren direkt an seinem Haus vorbei und er hatte ihnen nachgeschaut, so lange, bis sie hinter einer Kurve verschwanden. Er biss die Zähne zusammen und ballte die Fäuste.

Wieder dieser Idiot!, dachte er. Dich krieg ich noch … Er drehte sich prompt um. Ihm war ein Gedanke gekommen. Uwe ging ins Haus und zog seine Uniform an. Erstaunt und schweigend sah Sabine ihn an. Heute hat er doch frei, dachte sie noch, als er das Haus verließ. Aber Sabine hatte aufgehört, sich zu wundern. Sie kam immer noch nicht an ihren Mann heran und so lebten sie nahezu wortlos nebeneinander.

Uwe fuhr mit seinem Auto durch das Dorf und bog

in den Weg zu Ulrikes Hof ein. Er fuhr langsam bis zu ihrem Haus, hielt an, sah in den Rückspiegel und stieg aus. Noch einmal schaute er sich nach allen Seiten um, öffnete die Pforte und betrat das Grundstück. Er wusste nicht, warum er eigentlich hier war, aber es war wieder dieser Drang, hierher zu kommen. Uwe ging um das Haus herum. Die Haustür vorne wurde schon ewig nicht mehr benutzt und auch Ulrike hatte sich angewöhnt, den Hofeingang zu nehmen. Jetzt stand Uwe davor. Er trat dicht an die Tür heran, legte seine Hände rechts und links an seinen Kopf, damit das Glas nicht spiegelte und sah ins Haus. Sein Blick ging gehemmt durch die leicht geöffnete Küchentür durch bis zur Haustür. Durch die Gardine davor sah er sein Auto auf der Straße.

In diesem Augenblick gab die Tür nach. Uwe erschrak, als sie sich einen Spalt weit öffnete. Er drückte sie vorsichtig ganz auf. Obwohl er wusste, dass niemand im Haus war, rief er erst leise und dann noch einmal lauter: »Hallo, ist da jemand?« Niemand antwortete. Das Haus war leer. Uwe trat in den Flur und ließ die Tür hinter sich einen Spalt offen. Dann schlich er durch das Haus. Er schaute kurz in die Küche, aber die interessierte ihn nicht. Vielmehr zog es ihn in Ulrikes Schlafzimmer. Stufe für Stufe stieg er, langsam und lauschend, die Treppe hinauf. Diese knarrte bei jedem Schritt, als wollte sie ihn ermahnen und ihm sagen, dass er etwas Verbotenes tat.

Oben angekommen stand er direkt vor dem Zimmer. Die Tür war angelehnt und Uwe öffnete sie ganz. Das breite Bett war noch zerwühlt, das Fenster stand weit auf und Vogelgezwitscher drang herein. Uwe sah sich um.

Dann öffnete er den Kleiderschrank. Plötzlich horchte er auf. Von draußen drang ein Motorengeräusch herein. Er hielt den Atem an. Es musste ein größeres Auto sein und Uwe vermutete den Jeep von Klaus Brand. Fahr weiter, dachte er voller Spannung, fahr weiter!

Es wäre ihm nicht angenehm gewesen, von Brand oder irgendjemand anderem hier am oder gar noch im Haus gesehen zu werden. Schon schlimm genug, dachte er, dass mein Auto vor der Tür steht! Scheiße! Aber er hatte Glück. Das Fahrzeug fuhr weiter. Das Geräusch wurde schwächer und verstummte dann ganz.

Uwe atmete auf. Schweißperlen hatten sich auf seiner Stirn gebildet. Die Luft hier oben war, trotz des geöffneten Fensters, stickig. So kam es ihm jedenfalls vor. Uwe sah in den Schrank. Ulrikes Kleider hingen ordentlich auf den Bügeln. Er strich mit seiner Hand an den Ärmeln entlang. Erst sacht und dann fester. Dann blätterte er die Kleidung durch und hielt bei einem kurzärmeligen Sommerkleid an. Er roch kurz daran und zog das Kleid heraus. Mit ausgestrecktem Arm besah er das Stück. Dann drehte er sich um und schaute in den Spiegel. Er legte das Kleid in seinen Arm und es sah fast so aus, als trüge er Ulrike. Uwe beugte seinen Kopf hinab und sog tief den Geruch des noch leicht parfümierten Kleides ein. Er vergaß seine Umgebung völlig und legte sich auf Ulrikes Bett. Er fühlte in seiner Fantasie durch den Stoff Ulrikes Körper. Er konnte sie riechen und schmecken. Uwe wurde unruhig. Er wühlte und stöhnte. Die Hitze nahm ihm den Atem.

Da schrak er hoch. Mein Gott, was mache ich hier, dachte er. Uwe sprang auf und strich das Kleid glatt. Er war verstört und über sich selbst erschrocken. Das ist nicht richtig, was ich hier tue! Schnell hängte er das Kleid wieder in den Schrank und schloss ihn. Raus, schoss es durch seinen Kopf! Sofort raus hier! Wenn jetzt jemand kommt! Panik erfasste ihn. Uwe lauschte auf den Flur hinaus – noch immer war alles still. Er hastete aus dem Zimmer und polterte die Treppe hinab. Mit langen Schritten eilte Uwe zur Tür und lief aus dem Haus. Draußen atmete er tief durch. Geschafft! Niemand hatte ihn gesehen. Jetzt nur noch schnell vom Hof wegkommen! Er schloss die Pforte, setzte sich in sein Auto und schoss davon.

Jan, der Nachbarjunge, schlief noch.

»Die Deichelfe lebte vor vielen hundert Jahren in einem alten Baum. Ein Blitz hatte ihn getroffen und so war er zum Teil ausgebrannt und innen hohl. Niemand hatte die Elfe je gesehen, aber wenn man in die Nähe des Baumes kam, konnte man sie flüstern und locken hören. Die Menschen fürchteten sich vor ihr und man erzählte sich, dass sie auf der Suche nach einem Bräutigam für sich sei. Eines Tages wurde ein junger Hirte von fremden Räubern gejagt. Er hatte gesehen, wie sie all das Vieh seines Dorfes weggetrieben hatten und nun wollten sie sich des Zeugen entledigen. Sein Vorsprung wurde immer kürzer und in seiner größten Not sprang er in den hohlen Baum. Seine Verfolger wunderten sich, wo er wohl abgeblieben war, jedenfalls fanden sie ihn nicht und gaben die Suche auf. Nachdem sie weg waren, wurde dem Jungen erst klar, wo er sich versteckt hatte. Vor Angst zitternd, verließ er sein Versteck und war froh, von den Räubern und von der Elfe verschont geblieben zu sein. Artig bedankte er sich bei ihr und umarmte den Baum. Dann lief er zurück in sein Dorf und berichtete von seinem Abenteuer. Die Räuber wurden nie gefangen, aber im Dorf war man froh, dass dem Burschen nichts geschehen war. So zogen sie dann alle zu dem alten Baum, um sich bei der Elfe zu bedanken. Dabei legte jeder einen Stein an seine Wurzeln, damit er auch im Sturm noch lange standhaft bleiben möge. Diese Sitte wurde zu einem ständigen Ritual und bei jedem besonderen Anlass, ob Geburt, Hochzeit oder auch im Todesfall, gingen die Leute zu ihr und legten Steine ab. Und weil irgendwann keine Steine mehr in der Höhe hinpassten, wurden sie eben in die Länge gelegt, immer länger. So entstand der Deich. Die Elfe bedankte sich und schützte die Menschen vor dem Hochwasser. So war das damals.«

Nils hatte die Sage zu Ende erzählt und Ulrike nahm seine Hand. »Das war eine wunderschöne Geschichte«, sagte sie, »ich wusste gar nicht, dass du so schön erzählen kannst. Sollten wir einmal Kinder haben, musst du sie ihnen erzählen! Jeden Abend musst du ihnen etwas vorlesen oder ihnen eine Sage von hier erzählen. Und ich werde euch zusehen und dir lauschen.«

Er lächelte und drückte sanft ihre Hand. Sie lagen auf dem Rücken und schauten den dahinziehenden Wolken nach. Ihr Glück war perfekt. Immer mehr entdeckten sie das Innere des jeweils anderen und überraschten sich mit neuen Seiten.

»Ich will noch mehr von dir hören«, sagte Ulrike. »Ich will alles von dir wissen!«

Er drehte sich auf die Seite, richtete sich auf und stützte seinen Kopf auf seinen Arm. »Das geht mir genauso. Ich bin dabei, mich selbst zu finden und sehe vieles anders oder neu, weißt du? Damit bin ich sehr glücklich!« Er beugte sich zu ihr hinab und küsste sie. Ulrike umfasste seinen Kopf und grub ihre Hände in sein volles Haar. Ihr Glück war so grenzenlos und sie wollte es festhalten und nie mehr loslassen.

Jan war aufgewacht. Für einen Sonntagmorgen war die Straße vor seinem Haus recht belebt und im Unterbewusstsein hatte er die Unruhe mitbekommen. Was ist denn heute hier los, fragte er sich. Rushhour, oder was? Er sprang aus dem Bett.

Zwei Minuten später schlüpfte er in seine Jeans, stülpte sich ein Shirt über und sprang aus dem Fenster. Eine innere Unruhe trieb ihn zu Ulrikes Haus. Dass kein Auto davor stand, beruhigte ihn etwas. Er wird auf dem Hof parken, dachte er. Längst hatte er mitbekommen, dass Ulrike einen Freund hatte. Schweren Herzens hatte er das akzeptiert und er musste sich eingestehen, dass er sowieso keine Chance bei ihr gehabt hätte. Okay, sagte er sich, dann pass ich eben weiter auf sie auf.

Am Haus angekommen, blickte er über den Zaun. Kein Auto war zu sehen. Dann sind sie eben weggefahren, schlussfolgerte er. Trotzdem betrat er das Grundstück und ging nach hinten. Wie Uwe schaute er durch die Glastür und rief dann Ulrikes Namen. Keiner zu Hause, stellte er fest. Da bemerkte er die nur angelehnte Tür. Er drückte sie vorsichtig auf. »Hallo, jemand zu Hause?« Nichts! Niemand antwortete. Jan runzelte die Stirn. Sicher, es war nicht ungewöhnlich, dass man hier mal die Tür nicht verschloss und wenn doch, dann wussten alle, dass der Schlüssel im Blumenkasten war. Das war hier eben so und nie war etwas passiert. Aber so einladend offen? Er zog die Tür zu und verließ pfeifend den Hof. Eine halbe Stunde eher und er wäre mit Uwe zusammengestoßen.

Der war wütend auf sich selbst. Was da vorhin abgelaufen war, durfte einfach nicht passieren. So weit kann ich mich nicht vergessen, sagte er sich. Wenn da jemand gekommen wäre und hätte mich womöglich noch in Ulrikes Bett erwischt – ich wäre erledigt gewesen! Er schloss seine müden Augen und massierte seine Schläfen. Ich mach mich fertig, dachte er verzweifelt. Ich schlage mich wegen Ulrike, werde wegen ihr überfallen, demoliere Autos, breche ein und meine Ehe ist auch im Arsch. Wo bin ich bloß hingekommen? Und alles wegen der blöden Tussi! Die amüsiert sich doch über mich! Die reizt mich, verscheißert mich und lacht sich auch noch über mich halb tot! Bier trinken – damit sie etwas Neues über mich zu lachen hat, oder was? Ich muss das anders machen! Ganz legal. Sie muss hier wegziehen! Ich muss dafür sorgen, dass sie hier wieder abhaut. Zuerst werde ich einiges über sie in Umlauf bringen, hier mal was fallen lassen, da mal was erwähnen und dann werden sich auch die anderen von ihr fern halten. Und ohne Frieden kann man hier nicht leben! Da muss sie einfach wegziehen!

Auf einmal hatte er wieder Elan. Er rieb sich die Hände. Und wo kann man am besten Gerüchte streuen? In der Kneipe. Uwe zog seine Jeans und ein Hemd an und machte sich froh gelaunt auf den Weg in den »Hafen«.

»Moin.« Er ging am Tresen vorbei und setzte sich an den Stammtisch. Aus der Küche kam die Wirtin.

»Moin, Uwe. Willst was essen?«

»Später. Erst nehm ich ein Pils. Nichts los heute?«

Irma zapfte das Bier. »Nö, vormittags waren einige Gäste hier, aber jetzt essen sie Mittag zu Hause. Geht erst ab vier, halb fünf wieder los.« Sie kam um den Tresen herum und brachte das Getränk.

»Warum machst du denn nicht so lange zu?«, fragte er. »Das lohnt sich doch sonst nicht.« »Und wenn doch jemand kommt und es ist zu? Soll ich draußen dranschreiben: Wegen Reichtum geschlossen? Nee, nee, mein Lieber! Das geht gar nicht!«

»Hm. Das will ich glauben. Und sonst so? Was gibt es Neues?«

»Gott, der übliche Tratsch«, antwortete sie.

»Erzähl! Ich war lange nicht hier«, forderte Uwe sie auf.

»Uwe! Verschone mich! Das geht bei mir hier rein und dort wieder raus.« Sie wies auf ihre Ohren.

»Ach, weißt du«, bohrte er weiter, »manchmal ist es nicht verkehrt, etwas zu wissen.«

Irma horchte auf. »Wie, verstehe ich nicht.« Sie setzte sich mit an den Tisch.

»Also gut! Bleibt aber unter uns! Polizeiarbeit, du verstehst!« Sie nickte. »Es geht um den Fremden, der seit einiger Zeit hier im Ort rumschleicht.«

»Um wen?«

»Na, um den Freund von Ulrike. Oder besser gesagt: um ihren Komplizen.« Er hob theatralisch die Hände.

»Nichts gegen sie, aber sie scheint da in etwas hineingerutscht zu sein. Wir sind an einer Sache dran. Kennst du den Typen?«

»Nein«, antwortete sie. »Ich habe ihn mal vorbeifahren gesehen, aber das ist auch schon alles.«

»Na ja, jedenfalls ist der Kerl nicht sauber, das kann ich schon mal sagen. Guck dir bloß das Auto an! Nicht ganz billig, das Teil. Das verdient man sich nicht einfach an der Werkbank. Hamburg ist nicht weit, verstehst du? Der Wagen wurde des Öfteren auf der ›Meile‹ dort gesehen. Und nicht nur dies! Komischerweise war Ulrike auch immer in der Nähe!« Er schwieg plötzlich und ließ die Worte wirken.

»Du glaubst doch nicht wirklich…?«

Uwe legte seine Hand auf die Hände Irmas und blickte ihr tief in die Augen. »Glauben tue ich gar nichts … Die Ermittlungen laufen ja noch. Also, halt ruhig mal Augen und Ohren auf. Und tue mir bitte einen Gefallen: Binde das, was du jetzt weißt, keinem auf die Nase.« Er setzte sich wieder aufrecht hin. »Und jetzt mach mir mal ein schönes Schnitzel! Mit Bratkartoffeln und Spiegelei, bitte! Und noch ein Pils …« Wenn man etwas schnell verbreiten wollte, musste man nur um Verschwiegenheit bitten.

Schon am selben Abend machte bei den Männern ein Gerücht die Runde. Und weil jeder dafür empfänglich war, wurde es immer größer. Plötzlich hatten alle schon so eine Ahnung gehabt. Der eine oder andere glaubte, sie auch schon gesehen zu haben auf der Sündenmeile. Da war bei ihnen der Wunsch der Vater des Gedanken. Was sie selbst dort gesucht hatten, verschwiegen sie.

Ulrike und Nils ahnten nichts von dem drohenden Unwetter, welches sich über ihnen zusammenbraute. Glücklich und unbefangen liebten sie sich und waren froh, dass sie sich hatten. Dabei vergaßen sie ihre Umwelt und so bekamen sie noch nicht mit, wie die Stimmung umschlug.

Wieder war es Jan, der Nachbarjunge, der Ulrike aufsuchte und sie über das Getratsche informierte. Er hatte drei Tage mit sich gerungen. Zu pikant war das Thema, als dass er frisch und frei darüber reden konnte. Zuerst hatte sich überlegt, ob es sein konnte, dass Ulrike eine dunkle Seite in dieser Richtung hatte, aber dann war er schnell zu dem Ergebnis gekommen, dass das nicht möglich war. Wann soll sie denn das noch gemacht haben?, fragte er sich. Er wohnte auf dem Nachbarhof und musste es schließlich wissen! Fakt war dies: Tagsüber war Rike zu Hause und malte ihre Bilder. Ab und zu fuhr sie mal einkaufen und in die Stadt. Okay. Abends – und da werden die Damen in der Regel aktiv – war Ulrike allerdings zu Hause. Oft genug hatte er über den Zaun rüber zu ihrem Haus geschaut und Licht bei ihr gesehen. Und gerade in letzter Zeit, seit sie ihren Freund hatte, hielt sie sich noch öfter zu Hause auf. Mit ihm!

Das ist doch alles lächerlich!, dachte er. Damit schaden die Idioten ihr doch nur! Was soll denn das auf einmal? Wo kommt das überhaupt her? Er erinnerte sich an das Gespräch, welches sie beide vor einiger Zeit geführt hatten. Er dachte an den Tag, an dem Ulrike ihn gefragt hatte, wie man so über sie denke und ihm erzählt hatte, dass alle Kerle hinter ihr her waren. Auf einmal war ihm klar, dass Rike hier weggeekelt werden sollte. Mobbing nannte man das heute. Keiner kam an sie ran – SO war das. Und nun rächte sich ein ganzes Dorf. Diese Idioten! Aber nicht mit ihm! Jan hatte beschlossen, dagegen anzugehen und nun hatte er ihr alles erzählt.

Ulrike hörte fassungslos zu. Sie war allein zu Hause, als der Besucher kam und hatte ihn fröhlich empfangen. Aber schon seine Miene drückte Ärger aus. Als er fertig war, schwiegen beide. Jan wagte nicht, sie anzusehen. Er blickte zu Boden und rang mit sich, ob es überhaupt richtig gewesen war, ihr alles zu erzählen.

Ulrike saß auf ihrem Lieblingsplatz in der Küche und blickte hinaus. Aber sie sah nichts. Ihre Augen füllten sich mit Tränen und in dicken Bächen liefen sie ihre Wangen hinab. Eine Welt brach für sie zusammen. Ihre Idylle begann zu bröckeln und zum ersten Mal sehnte sie sich nach Berlin zurück. Das ist alles nicht fair, dachte sie. Ich habe niemandem etwas getan, und nun das! Warum tun die mir das an? Ich habe doch alles getan, damit ich hier keine Fremde bin!

Sie stand auf, ging zum Küchenschrank und riss von der Küchenrolle einige Blatt Papier ab. Sie schnaubte aus und trocknete ihre Tränen. Dann sah sie auf Jan, der wie ein Häufchen Unglück auf seinem Stuhl zusammengesunken war. »He, sieh mich an!«, sagte sie. Jan blickte auf. Er sah in ihr lächelndes Gesicht und musste grinsen. »Schöne Scheiße, in der ich sitze, was?«, fragte sie.

»Ich hätte sie dir gerne erspart, glaub mir!«, antwortete er. »Was willst du jetzt tun?«

»Nichts, gar nichts! Darauf warten die doch nur. Wenn ich mich wehre, werden sie denken, dass alles wahr ist.« Sie machte eine Pause. »Es ist doch so: Heute bin ich dran und morgen ein anderer. Das ist einfach so! Ich werde mich zurückhalten und nicht mehr so blauäugig auftreten. Schluss mit ›Ulrikchen‹! Aber wenn die denken, ich verschwinde von hier, haben sie sich geschnitten! Du sollst mal sehen, in einigen Wochen spricht kein Mensch mehr davon.«

Jan staunte. »Mensch, Rike, wie du das so wegsteckst! Ich könnte das nicht!« Er verabschiedete sich und war froh, die peinliche Situation überstanden zu haben. In seiner Aufregung vergaß Jan von Uwe zu erzählen, den er als Reifenstecher erwischt hatte.

»Täusche dich mal nicht«, antwortete Ulrike leise.

Jetzt war sie wieder allein und erneut, und hemmungsloser als zuvor, musste sie weinen. Ihre Enttäuschung darüber, wie über sie geredet wurde, war maßlos und unfassbar. Sie überlegte, ob sie Nils von dem Vorfall erzählen sollte, entschloss sich aber, vorläufig noch nichts zu sagen. Sie wollte ihn nicht mit hineinziehen und hoffte wirklich auf das Versiegen des schrecklichen Gerüchtes. Da klingelte ihr Telefon.

Sie nahm das Handy und lächelte. Das wird Nils sein, dachte sie und schaute auf das Display. Aber es wurde keine Nummer angezeigt. Es war eine SMS und in Ulrike stieg so eine Ahnung hoch. Sie rief den Text auf und las die Nachricht: »Ich habe dich geliebt und war bereit, mich für dich frei zu machen, aber du hast mich nicht gewollt! Ich habe mich geirrt! Gut so! Mit einer HURE will ich nicht leben!«

Ulrikes Arm fiel schlapp herab und das Telefon rutschte aus ihrer Hand. Sie taumelte und konnte sich gerade noch am Stuhl festhalten, auf den sie sank.

Nein! Nicht auch das noch! Was wollen die bloß von mir? Warum lassen sie mich nicht in Ruhe? Was hab ich ihnen denn getan? Wer ist dieser Kerl, der mir so etwas schreibt? Warum beschimpft er mich so dermaßen? Hört das denn nie auf? Fragen über Fragen, die Ulrike sich nicht beantworteten konnte. Sie zitterte und fror trotz der sommerlichen Temperatur. Und wieder brach ein Schwall Tränen hervor. Sie hieb mit ihrer Faust vor Verzweiflung auf den Tisch.

Nein! Nein und nochmals nein! Ihr kriegt mich hier nicht weg! Dies ist hier mein Zuhause! Ich bin nicht hierher gezogen, um jetzt wieder zu verschwinden! Ich habe ein dickes Fell und bin in einer Großstadt aufgewachsen, machte sie sich selber Mut. Ich hatte, wenn es sein muss, schon immer einen Dickkopf. Damals, beim Praktikum auf dem Bau, das war auch kein Zuckerschlecken. Oder der Anfang im Ingenieurbüro – ich war die einzige Frau unter vielen Männern, das war auch nicht leicht! Aber ich habe mich immer behauptet und mir durch Kompetenz und Diplomatie meinen Platz erkämpft. SO!

Ulrike richtete sich auf. Mit ihrem Handrücken wischte sie sich die Tränen ab und stand auf. Sie ging ins Bad und erfrischte sich. Sie kämmte sich ihr Haar, trug etwas Rouge auf und parfümierte sich dezent. Dann ging sie nach oben und holte sich aus dem Kleiderschrank ihr Lieblingskleid heraus. Es war genau dasselbe Kleid, mit welchem Uwe in ihrem Bett gelegen hatte. Sie warf einen prüfenden Blick in den Spiegel und verließ das Haus. Zu Fuß ging sie den Weg hinab ins Dorf. Sie wollte sich zeigen, wollte da sein und sehen, ob man ihr ins

Gesicht schauen konnte. Sie wollte die Worte hören, die man über sie sprach. Und sie wollte ihr Selbstvertrauen stärken!

Aber bei niemandem schlug ihr Abneigung entgegen. Überall wurde sie gegrüßt und empfangen. Jeder im Ort, den sie traf, war freundlich und sie hatte das Gefühl, als wüsste niemand von dem Gerücht.

Ich muss den EINEN finden! Denjenigen, der mich anruft und mir solche Nachrichten schickt. Das ist es! Nicht ein ganzes Dorf ist gegen mich, sondern nur der EINE! Ein armer Irrer, von mir aus auch Kranker, aber DEN muss ich suchen. Mit DEM muss ich mich auseinander setzen und reden. Es muss ein verheirateter Mann sein. Er wollte sich frei machen, erinnerte sie sich an den letzten Text. Der Typ muss hier zu finden sein, hier im Ort.

Ulrike drehte sich plötzlich um und ging direkt nach Hause. Ihr war eine Idee gekommen. Zu Hause angekommen, nahm sie aus der Kommode einen Schreibblock und setzte sich wieder ans Fenster in ihrer Küche. Auf einmal dachte sie ganz nüchtern. Vorbei waren Wut und Verzweiflung. Sie schrieb die Namen aller Männer auf, die im Ort wohnten. Ohne Anmerkung und ohne Bewertung. Egal, wie alt sie waren oder sonst etwas – alle Namen reihte sie nach und nach auf ihrem Blatt auf. Sie nahm sich Straße für Straße vor. Als sie fertig war, zählte sie die Liste durch. Einhundertdreiundsiebzig Namen standen darauf.

Ulrike stand auf und reckte sich. Sie sah auf die Uhr. Fünf. Heute würde Nils nicht kommen. Er hatte in Kiel zu tun und wollte dort übernachten. Gut so! Ulrike hatte das Jagdfieber gepackt und so setzte sie sich wieder und begann mit ihren Anmerkungen. Sie schloss den alten Liedke aus, Hellwig und Erber, Bollmann und Dubbert sowieso. Hinter jedem Namen machte sie eine Zahl zwischen eins für möglich und sechs für unmöglich. Dann schrieb sie auf einem neuen Blatt in Blöcken die jeweiligen Namen. So entstanden sechs Spalten. Dich krieg ich, Bursche!, dachte sie. Und wenn ich dich hab, ziehe ich dir die Ohren lang! Dann wirst du mich kennen lernen! Aber nicht so, wie du denkst! Sie ging ihre Listen mehrmals durch, änderte hier und da die Bewertungszahl und hatte dann endlich, zweieinhalb Stunden später, eine Übersicht.

Aber schon während sie die Namen in die Liste eingetragen hatte, merkte sie, dass die Spalten eins und zwei leer blieben. Ihr fiel niemand ein, der dafür in Frage kommen könnte. Die Namen Jacobsen, Brand und Holz tauchten in Reihe drei auf, aber selbst dabei hatte Ulrike schon ein schlechtes Gewissen.

Sie stand auf, öffnete eine Flasche Wein und goss sich ein Glas voll. Ich traue es keinem hier zu, dachte sie. Ich will ja auch niemanden zu Unrecht beschuldigen. Womöglich kommt der Kerl ja doch von außerhalb! Shit! So komme ich nicht weiter.

Uwe Petersen war in Spalte sechs.

»Moin, Klaus.« Uwe reichte seinem Gegenüber die Hand.

»Moin«, antwortete Klaus Brand. »Was gibt's Neues?«

»Na, du bist gut! Das ganze Dorf hat nur ein Thema, und du fragst noch!« Uwe sah Klaus vorwurfsvoll an.

»Meinst du das dumme Gequatsche über Ulrike? Du

glaubst die Geschichte doch nicht wirklich? Ulrike und das Milieu – ich lach mich kaputt!«

Uwe sah Brand an wie das Kaninchen die Schlange. Da hatte er einen so guten Plan und nun nahm ausgerechnet Klaus Brand Ulrike in Schutz! Das gab's doch gar nicht! »Wieso soll da nichts dran sein, mein Lieber?«

»Das werd ich dir sagen! Ich habe genug zu tun auf dem Kietz – das kannst du mir wirklich glauben! Und nicht nur geschäftlich. Ich kenne so gut wie alle Bosse da und mindestens die Hälfte der Mädels! Aber eines kann ich dir versichern: Ulrike arbeitet dort nicht! Ich schwöre dir: Ich wäre Stammkunde bei ihr. Und nicht nur das! Ich hätte ihr ein eigenes Appartement gekauft und sie mir als Häschen gehalten! So ist das!«

Uwe war baff. Sollte sein Plan nicht aufgehen? Und bevor er nachdenken konnte, sprach Brand weiter: »Das kann jeder von mir hören! Und ich sag dir noch etwas: Jeder, der noch weiter schlecht über Rike spricht, kriegt es mit mir zu tun! Ich bin da nicht zimperlich, das weißt du! Da gibt's zur Not mal was ran …« Brand baute sich förmlich vor Uwe auf. »Von wem stammt das Gerücht überhaupt? Hast du eventuell eine Ahnung?«

»Du, hab ich auch erst vor ein paar Tagen mitbekommen, irgendwo auf der Straße«, gab Uwe sich unschuldig.

»Na ja, du bist ja selbst scharf auf sie! Wird ja wohl kaum aus deiner Ecke kommen.«

»Na, hör mal! Was hab ich damit zu tun?« Uwe tat entrüstet.

»Schon gut«, antwortete Klaus, »ich sag ja nur …« Er drehte sich um und ging.

Klaus Brand, dachte Uwe, glaub nicht, dass ich schon

alles vergessen habe! Wir haben uns vertragen, damals, okay, aber ich hab's trotzdem nicht vergessen! Für mich war das Schadensbegrenzung zu dem Zeitpunkt. Aber der Groll bleibt! Ich hab dich noch auf dem Zettel, Brand!

So kam es, dass das Gerücht tatsächlich schnell wieder von der Straße verschwand. Das Thema Ulrike war vom Tisch und irgendwo wurde eine neue Geschichte geboren. Zu tratschen gab es eben immer etwas.

Auch bei Ulrike wurde es wieder Alltag. Sie merkte, dass niemand etwas von ihr wollte und so widmete sie sich wieder ihrer Malerei. Dabei kam ihr ab und zu noch mal die Frage hoch, wer wohl hinter allem stecken konnte, aber sie wusste nach wie vor keine Antwort darauf. Sie sah sich allerdings darin bestätigt, Nils nichts gesagt zu haben.

Dies hätte unsere Beziehung doch nur belastet, dachte sie sich. Wer weiß, wie er reagiert hätte. Womöglich hätte er mich gedrängt, eine Anzeige zu erstatten oder so, aber dann kocht so etwas erst richtig hoch und so hat sich die Geschichte von allein totgelaufen und ich habe wieder Ruhe.

Glaubte sie. Aber sie sollte keine Ruhe finden. In Uwes Hirn arbeitete es und er machte sich Gedanken, wie es weitergehen konnte. Mit ihm und Ulrike. Im Wechselbad der Gefühle schwankte er zwischen Hass und Liebe. Er wusste, dass er sich ihr niemals öffnen und seine Liebe gestehen konnte. Dafür war zu viel passiert. Aber er wusste auch, dass er sich bei all seinen Aktivitäten selbst wehtat. Gerade das Gerücht, von ihm selbst in die Welt gesetzt, hatte in sein Herz geschnitten. Und im Nachhinein tat es ihm sogar gut, dass Brand SO von

Ulrike gesprochen hatte. Uwe war also hin und her gerissen und deshalb auch ausgelaugt und leer. Aber er konnte es einfach nicht lassen! Er hätte sie doch bloß aus seinem Herzen verbannen können müssen, hätte sie als eine Frau aus seinem Ort, als gute Bekannte sehen können müssen! Eine liebe Nachbarin. Aber er konnte es nicht. Es war wie ein Zwang. Es war wie ein Bann. Er MUSSTE sich mit ihr beschäftigen. Ständig kreisten seine Gedanken um sie und er wusste, dass er immer tiefer sinken würde, solange sie in seiner Nähe war. Und davor hatte er Angst.

Das Leben im Dorf bekam neuen Schwung. Das jährliche Schützenfest stand nun vor der Tür. Die Vorbereitungen waren abgeschlossen und alle freuten sich auf dieses Ereignis. Die Männer dachten an Kampftrinken, die Frauen waren damit beschäftigt, sich, soweit sie keine Uniform trügen, neu einzukleiden und die Kinder freuten sich auf Karussell und Bratwurst – kurzum: Alle fieberten dem Fest entgegen. Niemand musste zur Organisation und Hilfe aufgefordert werden und jedermann gab sein Bestes. Der Platz war gesäubert worden, Stromverteilerkästen wurden aufgestellt und die ersten Miettoiletten gebracht. Die Feuerwehr stellte ein riesiges Zelt auf, das den Eindruck erweckte, als würden tausend Besucher erwartet und die Getränkeanlieferung verstärkte diesen Eindruck. Mit äußerstem Wohlwollen wurde von den Männern die Menge begutachtet und mit großem »Hallo« das erste Fass angestochen. Drei Tage vor dem Fest. Für die vielen Helfer selbstverständlich …

Ulrike hatte Nils von dem bevorstehenden Fest erzählt und beide hatten beschlossen, als Paar dorthin zu gehen. »Das ist eine prima Gelegenheit, dich im Dorf vorzustellen«, hatte Ulrike gesagt und Nils hatte nichts dagegen gehabt. »Ich gebe gerne meinen Einstand hier und haue auch ein Fass Bier rein, wenn es sein soll ...« Er zwinkerte ihr zu. »Vielleicht mache ich mich auch an euren Baulöwen ran und kassiere ein paar Aufträge.«

»Genau! Und irgendwann verlegst du dein Büro in meinen Wintergarten!«

»Was dagegen?«

»Nö, von mir aus schon bald. Aber im Ernst: Könntest du dir das vorstellen?«

Nils nahm sie in den Arm und küsste ihre Augen. »Das hängt vom Verlauf des Festes ab, Liebling. Irgendwann fragen wir uns: Ziehen wir zu mir oder ziehen wir zu dir?«

»Du glaubst doch nicht im Ernst, dass ich in deine Vierzig-Quadratmeter-Junggesellenbude unter dem Dach ziehe? Nee, nee, mein Schatz, da komm du mal lieber hierher!« Beide lachten. »Okay, aber du tanzt nur mit mir!«, sagte Ulrike. »Ich will dich ganz für mich haben. Alle sollen sehen, dass ich mit dir glücklich bin.«

Das Zelt füllte sich langsam. Auch aus den Nachbargemeinden kamen die Gäste und es war ein alter Brauch, dass auch befreundete Vereine in ihren schicken Uniformen aufmarschierten, um ihre Aufwartung zu machen. Der Tresen war über die ganze Breite aufgebaut, gegenüber der Bühne. Die Musiker waren schon vor Stunden angereist und hatten nach dem Soundcheck den einen oder anderen Titel noch einmal geprobt. Es waren fesche Burschen, noch keine dreißig Jahre alt, und die ersten Mädels beobachteten sie bereits interessiert.

Die Jungs hatten sich in einer Ecke des Festplatzes eine Art Wagenburg gebaut. Mit zum Teil aufgemotzten Polos, Kadetts und Nissans waren sie gekommen und hatten die Scheiben heruntergedreht. Aus den Wageninnern dröhnten Bässe und vermischten sich mit den Klängen aus dem Zelt. Die Jugend machte sich über die Männer mit der Feder am Hut lustig und es kam für sie überhaupt nicht in Frage, schon jetzt in das Zelt zu gehen. Sie wollten noch etwas in der Gegend rumfahren, hier und da in eine Disco reinschauen, kurz verweilen, um dann gegen Mitternacht wieder zurück zu sein. Dann würden sie ihre Autos abstellen, die Kornflaschen aus den Kofferräumen holen und bei GUTER Musik aus ihren CD-Playern schon etwas »vorglühen«. Ein guter Plan. Wie jedes Jahr.

Nach und nach trafen Heiner Jacobsen, Henning Holz und Klaus Brand ein. Mit ihren Frauen selbstverständlich. Helga, Gabi und Biggi belegten gleich einen Tisch in der Nähe der Tanzfläche und schickten ihre Männer los, um Getränke zu holen. »Aber bitte heute noch wiederkommen«, witzelten sie. Sie waren bester Laune und freuten sich auf einen tollen Abend. Sich schon mal umsehend, kribbelte es in ihren Füßen. Tanzpartner gab es genug. Gut so! Auf ihre Männer konnten sie sich diesbezüglich sowieso nicht verlassen. Da war es wie immer die alte Leier. Die tanzten, wenn sie tanzten, mit fremden Frauen. Also ließen sie sich von den Gästen aus der Nachbarschaft ausspähen und auffordern. So war das eben.

Uwe und Sabine betraten das Zelt und sahen sich suchend um. »Da sind die anderen«, sagte Sabine und deutete winkend auf den Tisch mit den drei Frauen. Die hatten Sabine auch entdeckt und winkten einladend zurück. »Ich geh rüber zu ihnen«, sagte sie und sah Uwe an. »Lass uns heute einen schönen Abend haben, ja?« Ihre Bitte war schon fast rührend und Uwe nahm sie in den Arm.

»Gerne. Darf ich dann um den ersten Tanz bitten?«

»Mein Herr, sie schmeicheln mir«, scherzte Sabine, »ich komme darauf zurück.«

Uwe löste sich von ihr und ging zum Tresen, zu den anderen Männern. »Irmchen, vier Bier und vier Korn! Bitte.«

»Hallo, Uwe. Gut Schuss! Die Frauen sitzen vorn an der Tanzfläche.«

»Ich weiß, Sabine ist schon hingegangen. Wie steht's so?«

Irma hatte den Schnaps gebracht. »Bier kommt gleich«, sagte sie und verschwand wieder.

»Na, denn mal Prost, ne.« Uwe wies mit der Hand auf den Schnaps. Die Männer griffen zu und gemeinsam stießen sie an. Hart stellten sie die leeren Gläser zurück auf den Tresen. »Noch mal vier!«, rief Klaus der Wirtin zu, die gerade die Biere brachte.

»Holt euch doch 'ne Flasche an den Tisch, ist doch einfacher.«

»Dann muss ich ja dort bei meiner Frau sitzen bleiben«, schoss es aus Heiner Jacobsen wie aus einer Pistole. »Nee, nee, du! Ich wollte mich heute eigentlich amüsieren!«

Die Männer brüllten los vor Lachen. Uwe sah sich um. Er hielt nach Ulrike Ausschau, aber sie war nicht da. Obwohl er sich fest vorgenommen hatte, sie nicht zu beachten, suchte er sie jetzt voller Spannung. Er wusste nicht, wie er sich verhalten sollte, wenn sie aufeinander treffen sollten und insgeheim wünschte er sich, sie würde gar nicht erst erscheinen.

Dann kam sie. Er sah sie und verspürte wieder dieses Stechen in der Brust – diesen Schmerz, der das Herz einschnürte und den Atem nahm. Aber heute war es trotzdem anders. Zum ersten Mal traf er auf ihren Freund. Ulrike und Nils hatten ihn noch nicht entdeckt und so konnte er ungehindert den Konkurrenten mustern. Ein Konkurrent, der keiner war. Ein Sieger und ein Verlierer trafen aufeinander. So sah er das. Uwe griff erneut ein Glas Korn und trank, ohne den Neuen aus den Augen zu lassen.

Die anderen drei Freunde waren mit mehreren Flaschen Sekt an den Tisch ihrer Frauen zurückgekehrt und so konnte Sabine ihren Mann allein am Tresen stehen sehen. Sie folgte seinem Blick und sah Ulrike. Dann schaute sie wieder zurück und sah Uwe gerade das Glas leeren. Besorgnis erfasste sie. Auch sie hatte an Ulrike gedacht, bevor sie zum Fest ging, aber sie glaubte an die Vernunft ihres Mannes. Sabine blickte erneut zum Eingang, aber Ulrike war verschwunden.

Da schrak sie auf. Eine Hand hatte sich von hinten auf ihre Schulter gelegt. »Hallo! Guten Abend. Darf ich vorstellen … das ist Nils, mein Freund. Habt ihr noch Platz für uns zwei?« Sabine drehte sich um.

»Na klar ist noch Platz für euch! Los, rückt mal alle

ein Stück!« Klaus Brand hatte das Kommando übernommen und stand auf. Er holte zwei Stühle vom Nachbartisch und stellte sie dazu. »Klaus«, stellte er sich vor und reichte Nils die Hand. »Willkommen in unserer Runde.« Sie nannten alle ihre Namen und begrüßten sich.

Uwe hatte von seinem Platz aus alles gesehen. Jetzt sitzen sie auch noch bei uns mit am Tisch, dachte er verzweifelt. Das gibt es doch gar nicht! Mit einem Ruck löste er sich vom Tresen und verließ das Zelt. Draußen angekommen, atmete er tief durch. Die Schnäpse zeigten erste Wirkung und Uwe ging zum Bratwurststand. Er musste etwas essen und nutzte die Pause zum Nachdenken. Ruhig Blut, Junge, sagte er sich. Lass dich bloß nicht umhauen. Sei locker und nett – und alles wird gut! Lass dich nicht provozieren und zettel selbst nichts an, nahm er sich vor. Flirte nicht und tanze nicht mit ihr. So!

Er hatte seine Wurst gegessen und hätte man ihn gefragt, ob sie schmeckte, er hätte es nicht sagen können. Zu sehr war er mit seinen eigenen Auflagen beschäftigt gewesen. Dann ging er zurück.

»Halli-hallo, na, ihr Lieben, seid ihr auch schon da? Oh, ein neues Gesicht!« Er ging auf Nils zu und reichte ihm die Hand. »Hi, ich bin Uwe! Wir sind eine große Familie hier, herzlich willkommen!«

»Nils, hallo.« Nils nickte und erwiderte Uwes harten Händedruck. Ihm kam die Begrüßung etwas gekünstelt vor und er nahm sich vor, auf der Hut zu sein. Die Gläser wurden neu gefüllt und zusammen stießen sie zur nochmaligen Begrüßung an.

Die Band hatte angefangen zu spielen und die Tanzfläche füllte sich. Die Stimmung am Tisch stieg. Brand hatte doch eine Flasche Korn geholt und mit großer Geste allen eingeschenkt. Nils hatte die an den Tag gelegte Geschwindigkeit des Einschenkens bemerkt und forderte Ulrike zum Tanz auf.

Klaus sah den Davongehenden nach und beugte sich dann zu Uwe hinüber. »Was hältst du von dem Jüngelchen?«, fragte er. »Wenn der zu uns gehören will, muss er aber noch einiges beweisen.« Er deutete auf die Flasche. Uwe grinste. »Genau! Wir sollten ihm mal auf den Zahn fühlen.«

»Worum geht's?«, fragte Heiner.

»Um einen Test«, antwortete Brand. »Wir wollen doch mal sehen, ob der Neue was ab kann. Also: Jeder trinkt Bruderschaft mit ihm! Hier und am Tresen!«

»Genau, erst muss er sich einfügen bei uns!«

Die Frauen hatten sich inzwischen gemeinsam auf die Toilette begeben und bekamen von dem Komplott nichts mit.

Ulrike und Nils tanzten unterdessen eine Runde nach der anderen. Es war das erste Mal, dass sie überhaupt miteinander tanzten und es sah aus, als hätten sie ein Leben lang nichts anderes getan.

Die Verschwörung der Männer geriet bald in Vergessenheit. Zu sehr waren sie mit sich selbst beschäftigt und so verwaiste der Tisch nach und nach. Die Frauen ließen sich nach jeder Tanzrunde an die »Bar« einladen, an denen ihre Männer mit anderen Damen flirteten. Und alle waren glücklich dabei.

Nur Uwe war unglücklich. Er suchte zwischen den Tanzenden immer wieder ein Paar heraus. Er sah sie verliebt schmusen und sich zur Melodie wiegen. Uwe versuchte sich vorzustellen, wie es wäre, wenn Ulrike in seinen Armen liegen würde. Der Schmerz kam in ihm erneut hoch und auch der Alkohol konnte ihn nicht betäuben. Ihm wurde übel und er schob sich durch die dampfende Menschenmasse aus dem Zelt. Er sah auf seine Uhr. Elf. Uwe atmete tief durch. Die frische Luft tat ihm gut. Es war nahezu windstill und die Sterne leuchteten. Der Imbissstand hatte geschlossen und die Jugend war noch nicht wieder zurückgekehrt. Aus dem Zelt klangen die Musik und lautes Stimmengewirr. Hier draußen konnte man sich gar nicht vorstellen, da noch mal wieder reinzugehen.

Uwe ging ein paar Schritte, um frische Luft zu schnappen. Er verließ den Festplatz und ging ziellos durch die Straßen. Dabei konnte er keinen klaren Gedanken fassen. Irgendwie war alles verworren und sinnlos. Die Straßen waren jetzt menschenleer. Vereinzelt fing ein Hund an zu bellen, dem andere folgten und ab und zu kreuzte eine Katze seinen Weg. Plötzlich stand er vor Ulrikes Haus. Ohne es zu merken, war er in ihre Straße abgebogen und hatte den Hof erreicht. Der Mond stand direkt darüber und erhellte das Grundstück. Uwe trat durch die Pforte und ging zum Haus. Der Weg war ihm inzwischen vertraut geworden, zu oft war er ihn in letzter Zeit gegangen.

Angekommen, bog er um die Ecke und ging zur Eingangstür. Er wusste nicht, was er hier sollte, aber irgendetwas zwang ihn dazu. Er drückte die Klinke herunter, aber die Tür war verschlossen. Dann sah er durch die Fenster. Im Haus war alles dunkel und er konnte nichts erkennen. Uwe drehte sich um. Da fiel ihm die

Wäscheleine auf. An ihr hingen ein paar von Ulrikes Kleidungsstücken. Eine Jeans und zwei Pullis. Aber die interessierten ihn nicht. Er hatte nur Augen für ihre Unterwäsche.

Ein Slip und ein BH, beide schwarz, hingen dort und lösten plötzlich Fantasien in ihm aus. Wie im Wahn riss er die Wäsche von der Leine und drückte sie an sein Gesicht. Sie war fast trocken und duftete nach frischem Apfel. Uwe stopfte die Sachen unter seine Jacke und rannte vom Hof. Die Pforte pendelte hinter ihm in den Angeln, bis sie offen stehen blieb.

Uwe lief ein Stück die Straße entlang und wurde dann langsamer. An der Kreuzung angekommen, ging er direkt nach Hause. Er öffnete die Garage und machte das Licht an. Dann schloss er das Tor. Nach einem Versteck suchend, sah er sich um. Er entschied sich für einen Karton, der einmal einen CD-Spieler beinhaltet hatte und legte die Wäsche hinein. Das Herz klopfte ihm bis zum Hals. Er musste schlucken und hatte das Gefühl, als wollte dieser zuschwellen. Zurück, dachte er. Ich muss sofort zurück! Er war schlagartig nüchtern und wusste, dass er Unrechtes getan hatte. Panik ergriff ihn. Hoffentlich hatte ihn niemand gesehen. Schnell versteckte er die Schachtel hinter alten Putzlappen, löschte das Licht und verließ die Garage.

Im Laufschritt legte er den Weg zum Festplatz zurück, erreichte ihn und lehnte sich keuchend an einen Baum. So fand Sabine ihn.

»Uwe, was ist los?«, fragte sie besorgt. »Wo bleibst du? Ich hab dich die ganze Zeit im Zelt gesucht!«

»Entschuldige bitte«, antwortete er. »Mir ist schlecht

gewesen. Habe mich übergeben. Sorry. Geh wieder rein, ich komme gleich nach.«

Sabine strich ihm über den Kopf. »Pass auf dich auf«, sagte sie besorgt. Dann ging sie zurück ins Getümmel.

Uwe atmete noch ein paar Mal tief durch und folgte ihr. Er ging direkt zum Tresen. Die Stimmung war auf dem Höhepunkt und die ersten schwankenden Besucher stellten sich ihm in den Weg. Heiner umarmte ihn sogar.

»Uwee, Alter, hamm wir schon angestoßn …? Komm, ich geb einen aus!«

Petersen war es recht. So verschaffte er sich ein Alibi. Egal, was passieren würde, er war hier auf dem Fest. Die ganze Zeit. Das würde jeder bezeugen können.

Die Dorfjugend traf ein und schob einige freie Tische in einer Ecke zusammen. Der eine oder andere winkte seinen Eltern zu und die weit unter Achtzehnjährigen legitimierten ihre Anwesenheit durch ein lautes und mit Wohlwollen aufgenommenes »Gut Schuss«. Dann holten sie aus ihren Rucksäcken diverse, mehr oder minder alkoholische Getränke hervor und amüsierten sich auf ihre Weise.

Ulrike und Nils verließen das Fest. Es war eine Stunde nach Mitternacht und sie hatten sich glücklich getanzt. Die Band war fleißig gewesen und hatte in ihren Pausen passende Musik von der CD gespielt, so dass die Tanzfläche immer voll gewesen war. Zu Ulrikes Verwunderung hatte Nils durchgehalten und beständig ausgelassen mit ihr getanzt. Nur einmal war er an den Tisch zurückgegangen, um dort sein Sakko abzulegen, aber dann war er sofort wieder zurückgekommen. Er hatte sich den

Schweiß von der Stirn gewischt und ihr um die Hüften gefasst. »Schwäche?«, hatte sie keck gefragt und er hatte mit einem Kuss geantwortet und sie wieder auf die Dielen gezogen. Nun allerdings wollten sie nach Hause gehen. Es war nicht nur der Lärm, der mittlerweile im Zelt herrschte, sondern vielmehr die Lust aufeinander, die sie nach Hause zog. Sie hatten sich von niemandem verabschiedet, da sie dann sowieso nur aufgehalten und bedrängt worden wären, noch zu bleiben.

Draußen angekommen, mussten sie regelrecht verschnaufen und so setzten sie sich auf eine der Bänke, die Heitmann um seinen Imbisswagen herum aufgestellt hatte. Es war kühler geworden und die ersten Nebelschwaden stiegen über den Wiesen auf. Es roch nach Erde und frischem Gras.

»Puh, geschafft!« Nils ließ seine Arme zwischen die Beine fallen. »Sorry, aber ich bin fix und fertig. Was hast du nur für eine Ausdauer! Ich habe ewig nicht mehr getanzt. Morgen habe ich bestimmt einen Muskelkater.«

»He, mach mir bloß nicht schlapp«, antwortete Ulrike. »Ich brauche dich noch, hörst du?«

Er sah sie an. »Kleine Verschnaufpause, okay? Aber ehrlich mal: wo nimmst du nur die Kraft her?«

»Vielleicht gibst du sie mir …?«

»Aua, aua. Da kann ich mich wohl noch auf einiges gefasst machen, was? Aber soll ich dir was sagen? Nichts lieber als das!«

»Und wie hat es dir sonst so gefallen? Sind doch alles umgängliche Leute hier, oder? Du kamst nur nicht zu deinem Baulöwen, Brand. Nix da heute mit großen Aufträgen! Ist aber auch vielleicht besser so. Davon anzufangen bringt auf so einem Fest nichts. Geschäfte im Suff abgeschlossen, bereut man meist am nächsten Tag. Zuerst dachte ich schon, sie wollen dich besoffen machen. Die können aber auch was ab! Oh, Mann!«

»Du, den Eindruck hatte ich auch«, antwortete er. »Ging mir ein bisschen schnell mit dem Schnaps. Na, egal, es war auf jeden Fall schön.« Er stand auf und reichte ihr beide Hände. »Lass uns nach Hause gehen. Wir nehmen noch einen Absacker und machen es uns dann gemütlich, ja?«

»Wenn du nicht zu müde bist, gerne.«

Lachend und sich an den Händen haltend, machten sie sich auf den Heimweg.

Der Mond hatte sich hinter einer Wolke versteckt, als sie dort ankamen. Die kleine Zauntür schlug leise gegen den Metallpfosten und ließ Ulrike aufhorchen.

»Die Tür ist auf«, sagte sie erstaunt. »Ich weiß genau, dass ich sie geschlossen hatte! Wieso ist sie jetzt offen?«

»Keine Ahnung, weiß ich auch nicht.« Nils ging als Erster durch den Eingang und zog Ulrike hinterher. Sie schloss die Pforte und rüttelte daran.

»Von allein geht sie nicht auf«, sagte sie.

»Vielleicht hattest du Besuch?«, meinte Nils.

»Also, aus dem Dorf kann es dann niemand gewesen sein, die sind alle auf dem Fest!« Ihr fiel der Reifenstecher ein. »Schau mal zu deinem Auto, alles okay da?«

Nils löste sich von ihr und ging um seinen Wagen herum. Mit der Schuhspitze überprüfte er alle Räder. »Alles in Ordnung«, sagte er. »Wie kommst du da drauf? Hast du denn eine Ahnung, wer hier gewesen sein könnte?«

Ulrike schüttelte den Kopf. »Nein, aber im Augenblick

bin ich ein bisschen empfindlich, was dies betrifft. Du weißt schon, der Blumen-Pralinen-Schicker. Aber ich irre mich wahrscheinlich. Ich werde die Tür nicht richtig zugemacht haben! Entschuldige.«

»Komm rein, Schatz, und mach dir keine Gedanken. Ich passe auf dich auf.«

Sie gingen an der Wäscheleine vorbei zum Haus. Ulrike hatte Nils nicht beunruhigen wollen und trotzdem ein ungutes Gefühl. Noch nie war die Pforte offen geblieben! Noch nie!

Misstrauisch rüttelte sie an der Haustür, bevor sie aufschloss. Zu. Der Schlüssel drehte sich zweimal im Schloss, so wie sie abgeschlossen hatte. Das beruhigte Ulrike etwas und sie schüttelte den Kopf. Da ist nichts und da war nichts – basta. Mach dich nur nicht verrückt, Ulrike, sagte sie zu sich selbst. Du kriegst sonst nur 'ne Macke!

Und doch zog sie den Schlüssel heraus und steckte ihn von innen in die Tür. Dann schloss sie diese ab und überprüfte noch einmal, ob sie auch ja fest verschlossen war. Das hatte sie vorher noch nie gemacht und es wurde ihr zum ersten Mal bewusst, dass sie Angst hatte. Angst vor einem Unbekannten.

Nils hatte gesehen, was Ulrike tat und er runzelte die Stirn. »He, Schatz ...« Er ging auf sie zu und nahm sie in den Arm. »Was ist denn los? Hm ...? Wovor hast du Angst?« Ulrike hatte ihren Kopf an seine Brust gelegt und zuckte hilflos mit den Schultern.

»Ich weiß auch nicht. Irgendwie fühle ich mich bedroht. Manchmal denke ich, ich werde verfolgt, verstehst du? Ich kann nicht sagen von wem, aber ich werde das Gefühl nicht los, belauert zu werden. Ich habe dir doch schon davon erzählt.«

»Und, was willst du tun?«, fragte er sie.

»Ich weiß doch nicht einmal, gegen wen ich etwas unternehmen soll«, antwortete sie. »Ich habe einmal Uwe erzählt, dass ich mich belästigt fühle, aber das war mehr so inoffiziell. Und mal ehrlich: Etwas wirklich Reales habe ich ja auch nicht in der Hand. Was soll ich da wohl tun? Nein, nein, mein Lieber, ich mache mich doch nicht lächerlich.« Sie sah ihn an.

Nils nahm ihr Gesicht zwischen seine Hände: »Pass mal auf, Schatz, ich bleibe hier. Dies ist auf die Schnelle das Beste. Ich werde hier wohnen, wenn du willst. Erst einmal als Übergang und später ganz, was hältst du davon?«

Sie umarmte ihn. »Das wäre wunderschön. Du weißt, dass ich mir das wünsche, aber du sollst nicht wegen dem Typen kommen, sondern wegen mir!«

Er sah sie verständnislos an. »Das verstehe ich nicht.«

»Sorry, kannst du auch nicht, Weiberlogik. Aber lieb von dir, dein Angebot. Fürs Erste bleibst du ja schon mal diese Nacht hier, alles Weitere wird sich finden. Hast du Hunger?« Er ließ sie los. »Du hast Recht. Schaun wir mal. Hunger? Wenn du mich so fragst, ich könnt schon wieder …«

»Essen! Mein Lieber, ich meine Essen!«

Er grinste. »Meine ich auch …«

»Also, was willst du?«

»Hast du noch Käse? Ich köpfe eine Flasche Roten und dann essen wir im Bett, ja?«

»Gute Idee, ich schneide uns Würfel, Weintrauben sind auch noch da.«

Sie saßen im Bett und redeten den Rest der Nacht. Der

Wein war getrunken und irgendwann fielen ihnen die Augen zu.

Wieder einmal hatte der Stalker in ihr Leben eingegriffen.

Nils hatte gerade das Frühstücksgeschirr abgewaschen, als er Ulrikes Schrei hörte. Er warf das Handtuch, das er sich zum Abtrocknen geholt hatte, auf den Tisch und lief nach draußen. Ulrike stand vor ihrer Wäscheleine und hielt sich die Hände vors Gesicht. »Was ist los?«, rief Nils, als er auf sie zulief.

»Da … da …«, stammelte sie und wies mit dem ausgestreckten Arm auf die Leine, »… da, meine Wäsche … meine Wäsche …« Ulrike zitterte am ganzen Körper.

»Was ist denn?«, fragte Nils.

»Siehst du denn nicht? Meine Wäsche ist weg! Mein BH und der Slip! Weg! Deswegen war die Pforte auf, verstehst du? DER war hier und hat meine Unterwäsche geklaut! Dieser Mann war hier!«

Nils sah die Lücken zwischen den anderen Bekleidungsstücken. »Glaubst du wirklich …?« »Na, das siehst du doch! Ich hatte die ganze Zeit das Gefühl, dass hier irgendetwas nicht stimmt! Die ganze Zeit! Das war garantiert der elende Mistkerl, der mich ständig verfolgt! Nils, jetzt rufe ich Petersen an. Ich mache eine Anzeige. Jetzt habe ich die Nase voll!« Ulrike war richtig wütend und stampfte mit dem Fuß auf.

»Da wirst du wohl nicht viel Glück haben, bei dem, was Uwe gestern getrunken hat …«, warf Nils ein.

»Das ist mir scheißegal, ob ich Glück habe oder nicht. Ich rufe ihn jetzt an. Er soll herkommen und die Anzeige aufnehmen! Sofort!« Sie stampfte ins Haus und Nils ging, sich am Kopf kratzend, hinterher.

Ulrike hatte die Nummer der Dienststube gewählt, aber dort ging niemand ans Telefon. Da wählte sie die Privatnummer von Uwe. Nach mehrmaligem Klingeln ging auf der anderen Seite Sabine ran.

»Petersen.«

»Manthei, äh … Ulrike hier. Ich muss mal bitte Uwe sprechen. Es geht um eine Anzeige.«

»Hallo, Rike, ist was passiert? Was gibt es denn?«

»Gib mir bitte mal Uwe, ja?«

»Entschuldige, aber der liegt auf Eis! Aber wie geht's euch denn so? Ich habe euch später gar nicht mehr gesehen. Wann seid ihr denn gegangen?«

»Was ist jetzt mit Uwe? Ich muss ihn unbedingt sprechen! Kannst du ihn holen? Bitte!« Ulrike wurde ungehalten.

»Rike, versteh doch … er kann nicht kommen! Er liegt total flach. Pass auf; wenn er wieder ansprechbar ist, sage ich ihm Bescheid. Und dann meldet er sich bei dir, ja? Irgendwann heute Nachmittag. Worum geht's denn? Eine Anzeige willst du machen?«

Ulrike platzte der Kragen. »Es ist wirklich wichtig, hörst du? Uwe soll mich umgehend anrufen!« Sie legte auf und sah Nils an. Er stand im Türrahmen und hatte zugehört. »Du hattest Recht. Er ist noch nicht ansprechbar«, sagte Sabine. »Er wird zurückrufen. Mist!«

»Hab ich mir gedacht. Aber egal, ich denke, die Anzeige kannst du auch noch später machen. Lass uns doch noch mal nach draußen gehen, vielleicht finden wir Spuren oder einen Hinweis darauf, wer hier war.«

»Du glaubst doch nicht, er hinterlässt hier seine Visitenkarte! Das wäre auch zu schön. Nee, nee, lass da mal lieber die Polizei ran. Nachher zerstören wir noch Spuren … wenn welche da sein sollten. Aber sag mal, wie war das noch mal mit dem Zusammenziehen? Ich sage dir ganz ehrlich: Ich mach das hier nicht mehr mit. Nils, ich habe Angst! Ich bleibe nicht mehr länger allein hier im Haus. Wenn der schon meine Wäsche von der Leine klaut, steht der eines Nachts auch vor meinem Bett! Das wäre furchtbar! Nicht auszudenken!«

Nils nahm ihre eiskalten Hände und küsste sie. »Komm zu mir, Schatz«, sagte er eindringlich, »diese Nacht kommst du mit zu mir und dann sehen wir weiter. Ich muss für drei, vier Tage nach München und du kannst bei mir wohnen, kein Problem. Pack deine Sachen und dann fahren wir los!«

»Nils, langsam. Petersen kommt heute Nachmittag, schon vergessen? Nee, du, fahr du mal nach Hause und bereite dich auf deinen Kongress vor. Ich bleibe hier, bis Uwe kommt. Dann mache ich meine Anzeige und komme nach, ja?«

»Okay, Schatz, wenn du meinst.« Er nahm sie in den Arm. »Schaffst du das?«, fragte er. Sie schmiegte sich an ihn. »Ja, das schaffe ich. Wir machen das so, wie besprochen. Fahr los und ich komme heute Abend nach.«

Eine halbe Stunde später fuhr Nils vom Hof.

Als Petersen aufwachte, war ihm schlecht. Er fühlte sich völlig zerschlagen und so lag er im Bett und regte sich nicht. In Stücken kam langsam die Erinnerung an die gestrige Nacht zurück. Er hörte Sabine in der Küche mit

Geschirr klappern. Sabine, dachte er. Nicht ein einziges Mal hatten sie zusammen getanzt. Vielmehr hatte er mit Brand und den anderen mithalten wollen, beim Trinken, und jetzt musste er den Preis dafür zahlen. Lange hatte er Ulrike und Nils beim Tanzen beobachtet, eifersüchtig und enttäuscht. Irgendwann aber müssen sie gegangen sein, dachte er. Er hatte es nicht mitbekommen. Aber als er sie dann nicht mehr fand, malte er sich aus, wie sie sich zu Hause lieben würden. Da begann er maßlos zu trinken, benahm sich schrill und überschwänglich und saß am Ende still vor sich hin sinnierend in einer Ecke. Er hatte keine Ahnung, wie er nach Hause gekommen war. Sabine, dachte er erneut, Sabine muss mich gebracht haben.

Uwe wollte aufstehen, aber der Boden unter seinen Füßen schien immer noch zu wanken. Er fiel zurück. Sein Magen rebellierte und im Kopf spürte er jeden einzelnen Pulsschlag. Auf der Seite liegend, fiel er in eine Art Halbschlaf. Träume vermischten sich mit der Realität, wirre Gedanken verwischten die Grenze zwischen Wahrheit und Lüge. Bruchstücke tauchten auf, um sofort wieder zu verschwinden. Uwe konnte sie nicht sortieren. Sie waren nicht greifbar und so ergab er sich seiner Hilflosigkeit.

Ulrike war in ihr Haus zurückgekehrt. Sie hatte noch Nils hinterhergewinkt und dann die Tür abgeschlossen. Jetzt stand sie am Fenster und sah dem abfahrenden Auto nach. Sie hörte seine Hupe und dann war es wieder still. Ulrike sah auf ihre Uhr. Eins. Bis Petersen kam, konnte es noch gut zwei, drei Stunden dauern.

Sie wollte sich ablenken, wollte ihren Gedanken eine

neue Richtung geben und stellte sich an ihre Staffelei. Das Bild darauf zeigte den Strand und einen Himmel, blau, klar, wolkenlos, sonnig. Aber Ulrike zog die Stirn kraus. Auf einmal gefiel ihr das Werk nicht mehr. Die kitschige Stimmung darauf empfand sie als verlogen. Nichts war in ihrem Leben da von der Heiterkeit der Sonne. Nichts von weißem, unschuldigem Sand und verklärtem Himmel. So ist das nicht!, dachte sie. Der Schein trügt!

Sie nahm Pinsel und Farbe und übermalte das Bild. Mit dem Himmel fing sie an. Oben zog sie einen breiten, schwarzen Streifen. Dann nahm sie ein dunkles Blau und anschließend Grau, welches sie mit dem Horizont vereinte. Das Meer verdunkelte sich unter ihrem Pinselstrich und wurde wütend. Dreckiger Gischt tanzte auf den hohen Wellen und in der Brandung wühlten Tang und Gestein. Die helle Farbe des Sandes wich einem Gemisch aus Ocker, Grau und Braun.

Mit der Veränderung der Stimmung auf dem Bild verbesserte sich auch Ulrikes Stimmung. Sie lachte laut und es tat ihr gut, mit einem breiten Pinsel Einfluss zu nehmen, alles zu verändern, zu korrigieren. All ihre Enttäuschung und angestaute Wut der letzten Zeit legte sie in dieses Bild. Ihr Atem wurde laut und ging stoßweise. Der Pinsel, erst waagerecht geführt, verließ die Linie und bewegte sich, wie von Geisterhand geführt, quer über das Bild, diagonal und schließlich senkrecht. Immer wieder senkrecht. Hoch und runter. Die feuchte Farbe klatschte auf die Leinwand und lief in Rinnsalen hinab.

Ulrike brach zusammen und sank ohnmächtig auf den Boden.

Einige Stunden später wachte sie auf. Sie bemerkte, dass sie auf dem Teppich lag und sah sich um. Draußen dämmerte es bereits. Ulrike nahm es zur Kenntnis. Ihr Blick blieb an ihrer Staffelei hängen und dann sah sie die Farbe auf dem Boden. Plötzlich erinnerte sie sich: an den Diebstahl ihrer Wäsche, Nils' Abfahrt und wie sie gemalt hatte. Sie wollte aufstehen, aber sie war zu schwach. So legte sie sich wieder auf den Rücken und horchte nach draußen. Petersen! Irgendwann wollte Petersen kommen. Die Anzeige. Richtig. Ulrike schloss die Augen und atmete tief durch. Dann versuchte sie erneut, sich aufzurichten. Mühsam gelang ihr dieser Versuch und sie stand wankend im Zimmer. Langsam ging sie auf ihre Couch zu und hätte sie sich nicht ab und zu an ihren Möbeln festgehalten, sie hätte den Weg nicht geschafft. Angekommen, glitt sie auf das Sofa. Geschafft. Ulrike legte sich auf die Seite und zog ihre Beine an. Sie lauschte dem Ticken der alten Wanduhr und schlief erschöpft ein.

Das Floß trieb ohne Steuer über das Meer. Die Wellen schlugen über das Holz und versuchten, es leer zu fegen. Ein Strick nach dem anderen löste sich und deshalb hatten sich die äußeren Balken bereits dem Meer ergeben. Der kalte Sturm machte die Finger steif und so konnte sie nicht mehr das zerrissene Segel halten. Verzweifelt rief sie Nils' Namen, aber der antwortete nicht. Warum half er ihr nicht, dieses verdammte Segel zu halten, dieses sinnlose Unterfangen, mit dem doch so viel Hoffnung verbunden war? Sie hatte es aus ihrer Wäsche geknüpft, aus allem, was sie anhatte und wollte darin den Wind zähmen. Aber es wollte nicht gelingen. Erneut rief sie seinen Namen, aber Nils sang ein Lied und

schlug den Takt dazu auf einem Fass. Bumm. Bumm. Bumm-
bumm. Bummbummbumm …

Das Klopfen weckte sie. Ulrike hob den Kopf und horchte in die Dunkelheit. Noch immer fühlte sie sich matt und wie ausgelaugt. Da! Da war es wieder! Bumm. Bumm. Sie sah durch das Fenster das Licht auf dem Hof ausgehen. Ulrike lag regungslos da und hörte das Knirschen von Schritten auf dem Kies, der rund um das Haus geschüttet war. Langsame Schritte, schleichende Schritte. Lähmende Angst erfasste sie. Das ist er, dachte sie. Der Mann! Der Stalker! Der Dieb! Jetzt ist er da!

Ulrike rutschte in eine Ecke der Couch und drückte sich ein Kissen vor den Bauch.

Das Licht, ausgelöst durch den Bewegungsmelder auf dem Hof, ging wieder an. Stille. Als würde der Mann sich nur bewegen, wenn das Licht aus war, waren jetzt keine Geräusche von draußen zu hören. Ulrike wartete auf das Verlöschen der Lampe. Aus. Bumm. Bumm.

Der klopft an die Tür, dachte sie. Großer Gott, habe ich sie verschlossen? Als Nils losfuhr, wollte ich sie ab-schließen! Nils! Nils muss kommen! Das Handy, wo ist das Handy? Ich muss ihn anrufen! Panik erfasste sie.

Wieder versuchte Ulrike aufzustehen. Sie setzte sich hin und rutschte vom Sofa. Auf Knien bewegte sie sich durch den dunklen Raum. Sie wollte nicht entdeckt werden, sollte der Mann durch ein Fenster sehen. Am Tisch richtete sie sich etwas auf. Sie tastete die Platte ab. Nichts. Wo ist bloß dieses verdammte Telefon, dachte sie verzweifelt. Da klopfte es am Fenster. Erst sacht, zag-haft, dann stärker. Bumm. Bummbummbumm.

Ulrike zuckte zusammen und duckte sich blitzschnell

unter den Tisch. Das Herz schlug ihr bis zum Hals und sie zitterte am ganzen Körper. Der Schatten, den der Mann durch das Hoflicht in ihr Zimmer warf, verschwand, als dieses Licht wieder ausging. Erneut waren seine Schritte zu hören und Ulrike kroch auf allen vieren aus ihrem Versteck.

Zum Flur, dachte sie. Auf der Garderobe muss mein Telefon liegen.

Sie schob sich Stück für Stück auf dem Boden entlang und erreichte die Tür. Am Rahmen zog sie sich hoch und lauschte nach draußen. Stille. Sie knickte mit den Beinen ein und hielt sich an der Tür fest. Langsam hatten sich ihre Augen an die Dunkelheit gewöhnt und so konnte sie die Einrichtung im Flur erkennen. Sie sah zur Hoftür und ihre Augen weiteten sich. Langsam, Millimeter für Millimeter, bewegte sich die Türklinke nach unten. Zweifel kamen auf. Habe ich wirklich abgeschlossen?, fragte sie sich voller Angst. Was ist, wenn doch offen ist? Was ist, wenn der Mann wirklich hereinkommt? Sie drückte ihre Faust an ihre Lippen.

Die Klinke war unten angekommen und Ulrike erwartete, dass sich die Tür öffnete. Sie sah, wie der Mann sich mit Nachdruck dagegen lehnte, aber die Tür blieb zu. Ulrike schloss die Augen und rutschte mit dem Rücken den Türrahmen hinab auf den Boden. Da hörte sie die sich entfernenden Schritte. Die letzte Kraft wich aus ihrem Körper. Ulrike rang nach Atem und meinte zu sterben. Sie konnte nicht mehr. Sie war am Ende, ein Bündel Mensch.

Da hörte sie das Auto. Sie sah durch das Türglas die Scheinwerfer, die den Hof erhellten und erkannte das Motorengeräusch. Nils! Ulrike kauerte auf dem Boden und ihr Körper bebte vor Erschöpfung. Die Autotür schlug zu und sie hörte seine schnellen Schritte. Jetzt stand auch Nils vor der verschlossenen Tür. Er klopfte und rief voller Sorge ihren Namen. Seine Stimme beflügelte sie plötzlich und mit letzter Kraft kroch sie an die Tür, richtete sich auf und drehte den Schlüssel herum. Nils fing sie auf, als sie ihm entgegentaumelte. »Schatz, alles okay bei dir? Warum gehst du nicht ans Handy? Ich habe dich mehrmals angerufen, aber du gingst nicht ran und da habe ich mir Sorgen gemacht!« Als er sie ansah, glaubte er, ein Gespenst zu sehen. »Gott, wie siehst du denn aus? Ulrike, Liebling, was ist hier los?« Er rüttelte an ihren Armen.

»ER war hier«, flüsterte sie und sah ihn mit großen Augen an. »Er wollte ins Haus, aber ich hatte abgeschlossen! Geklopft hat er, aber es hat ihm nichts genutzt, ich habe ihn nicht reingelassen. Er schlich ums Haus und hat geklopft, hörst du? Geklopft…und geschlichen ist er.«

Nils sah ihren Blick und erschrak. Ihre Pupillen irrten umher und konnten ihn nicht fixieren. Die Haare lagen klatschnass an ihrem Kopf und ihre Lippen bebten. Er fasste sie unter, trug sie ins Haus und legte sie im Wohnzimmer auf die Couch. In der Küche fand er die Nummer von Doktor Liedke. Der Arzt kam schnell und schickte Nils aus dem Zimmer.

»Völlig labiler Kreislauf«, sagte er, nachdem er sie untersucht hatte. »Sie braucht Ruhe. Absolute Ruhe. Und Ihre Liebe, junger Mann. Ihr Verständnis und Ihre Unterstützung. Sind Sie stark genug für diese Aufgabe? Es wird nicht leicht sein und Sie werden viel Geduld brauchen. Aber Sie können es schaffen!«

»Ich liebe Ulrike über alles, Doktor. Wir schaffen das!«, antwortete Nils bestimmt.

»Das glaube ich Ihnen. Und jetzt zur Sache: Ihre Freundin muss hier mal raus! Sie braucht einen neutralen Boden, verstehen sie? Luftveränderung. Sie sind die nächsten Tage unterwegs?«

»Ja, ich halte einen Vortrag auf einem Kongress in München, warum?«

»Nun, Rike sollte nicht allein sein. Sie erzählte mir von einer alten Freundin. Die wohnt im Ostseebad Prerow, kennen Sie es? Ein hübscher Ort! Dorthin will sie vorübergehend ziehen, und ich kann es nur befürworten.«

»Das ist eine gute Idee. Wenn Ulrike es so will, fahre ich sie dorthin.«

»Gut, dies wäre geklärt. Rike hat mir alles erzählt. Machen Sie die Anzeige bei Petersen und bringen Sie das arme Kind morgen in den Urlaub. Als solchen wollen wir es sehen, klar?«

»Klar, Doc. Ich fahre über Prerow nach München.« Er musste grinsen. »Lustig, wenn es nicht so ernst wäre.«

Ulrikes Telefon lag in ihrem Auto und zeigte sechs Anrufe in Abwesenheit an.

Der lange Schlaf hatte Ulrike gut getan. Mit Nils an ihrer Seite kehrte etwas Ruhe ein und nun saß sie mit ihm in Petersens Büro.

»So, du musst jetzt nur noch hier unterschreiben und dann geht es den Amtsweg.« Petersen zeigte mit einem Finger auf das Kästchen, welches für die Unterschrift vorgesehen war. Ulrike nahm mit zitternder Hand den Kugelschreiber und, ohne den Text noch einmal durchzulesen, setzte sie ihren Namenszug unter ihre Anzeige. Dann sah sie Nils an. »Lass uns fahren, bitte. Ich will endlich weg von hier!« Sie standen beide auf.

»Ich kümmere mich um die Angelegenheit, versprochen.« Petersen reichte Ulrike die Hand. »Erhole dich gut, Rike. Und werde ganz schnell wieder gesund. Wir werden dich hier vermissen! Ehrlich.«

Zögernd schlug Ulrike in die gereichte Hand ein. »Tschüs, Uwe. Du machst das schon.« Sie drehte sich um. Nils nickte nur einen Gruß. Dann gingen sie zur Tür.

»Eins noch, Ulrike. Fürs Protokoll: Wohin fährst du die nächste Zeit?«

»Nach Prerow, Ostseebad Prerow.« Sie schloss hinter sich die Tür.

Petersen stierte das Blatt mit Ulrikes Angaben an. Er nahm es und stand auf. Vom Fenster aus sah er sie in das Auto einsteigen und wegfahren. Er hatte ihr nicht gesagt, das ER es war, der am gestrigen Abend bei ihr geklopft hatte. Nachdem er wieder ansprechbar gewesen war, hatte ihm Sabine von Ulrikes Anruf bezüglich einer Anzeige berichtet, und so war er zu ihr gegangen und enttäuscht gewesen, sie nicht angetroffen zu haben. Dass Ulrike drinnen vor Angst fast gestorben wäre, hatte er nicht geahnt.

Er zerknüllte die Anzeige und warf sie in den Papierkorb. Dann setzte er sich an die alte Schreibmaschine und schrieb einen Brief an seinen Vorgesetzten Weide. Er schilderte ihm seine familiäre Situation und bat erneut um Urlaub. Er hätte noch einige Wochen vom letzten Jahr übrig und wolle sich mal richtig ausspannen.

Petersen überflog den Text noch einmal und setzte seine Unterschrift darunter. Er wusste, dass er den Urlaub bekommen würde und fing an, das Büro aufzuräumen. Es würde maximal eine Woche dauern und seine Vertretung würde da sein.

Petersen leerte den Papierkorb und fischte die Anzeige wieder heraus. Er glättete das Blatt und schob es in den Reißwolf. Mit Genugtuung sah er, wie sich die Angelegenheit in schmale Streifen auflöste. Dann ging er an den schäbigen, alten Metallschrank und holte einen Atlas hervor. Er setzte sich, legte froh gelaunt die Beine auf den Tisch und blätterte in dem Buch. Auf der Seite mit der kompletten Ostseeküste hielt er an.

Sein Finger glitt über das Papier. Rostock, Ribnitz links ab, Wustrow, Ahrenshoop. Hier! PREROW. Warte ab, mein Schatz, dachte er, so schnell entwischst du mir nicht. Ich kriege dich!

Uwe Petersen war glücklich.